辛酸なめ子の世界恋愛文学全集

辛酸なめ子

祥伝社文庫

人は恋愛を語ることによって恋愛するようになる

ブレーズ・パスカル

日本文学

目次

目次

目次

目次

日本文学

『竹取物語』

日本　9世紀末

心に刻みたい愛の名文

月の出《い》でたらむ夜《よ》は、見おこせ給《たま》へ。

子どもの時、寝る前に母が読み聞かせてくれた日本昔話。その中の「かぐや姫」は、実は女性が愛されるためのテクが満載の恋愛教則本だったことに、大人になって読み返して改めて気づきました。ベストセラー恋愛本『ルールズ』が書かれる千年以上も前に、日本女性に向けて書かれた恋愛マニュアル古典『竹取物語』。もっと真剣に聞いておけば良かったと、御伽話《おとぎばなし》を右から左に聞き流していたことが悔やまれてなりません。幼少の頃、西洋コンプレックスが強かった私は、日本昔話よりも世界昔話を重視していて、『人魚姫』『いばら姫』などの悲恋に感情移入しまくっていました。『竹取物語』を睡眠学習でインプットしていれば、モテ人生が送れたかもしれないのに……。もう手後れかもしれませんが、かぐや姫の高貴な生き方に学ばせていただきます。

『竹取物語』は、竹取のおじいさんが竹の中に光り輝く美少女を発見するところからはじまります。かぐや姫と名付けられたその女の子を育てはじめてから、竹取のおじいさんは、黄金が詰まっている竹を発見するようになり、貧乏だったのが一転、お金持ちに。かぐや姫は、実はあげまんでした。さらに光り輝く美しさで、おじいさんは彼女の姿を見るだけで心癒され、スタミナがわいてくるほどでした。いつの時代も男は若くて美しい女に惹《ひ》かれる生き物……。いつの間にか、物語の中でおばあさんの影

〈平安時代の恋愛テク〉
当時は十二単だったので、脱がしにくいのも
男のチャレンジ精神を刺激したのでしょう
ムラムラ
女性にとっても体形がカバーできて好都合です☆

が薄くなって、しばらく登場しなくなってしまいます。真のファム・ファタルは他の女性の存在をかき消してしまうのです。

やがてかぐや姫の類《たぐい》まれな美しさとあげまんの評判を聞いた若い男たちが、竹取のおじいさんの屋敷の周辺をうろつくようになります。夜中うろうろし、彼女の名前を呼ぶ彼らの行為が「夜這《ば》い」の語源になったとか。流行語を作ったり、ストーキングされたり、アイドルのような存在です。平安時代の本にアイドルの元祖が……。竹の中に身長三寸の小さい姿でいた、というのもフィギュアみたいで萌えポイントです。

かぐや姫を追い求める男たちのうち、五人の色男が浮上してきました。彼ら、石作皇子《いしつくりのみこ》、庫持皇子《くらもちのみこ》、右大臣阿部御主人《あべのみうし》、大納言大伴御行《おおとものみゆき》、中納言石上麻呂足《いそのかみのまろたり》は、恋愛の達人を自任し、噂の美人がいたら口説かずにはいられないつわものたちです。

しかし屋敷のあたりを歩き回り、恋文を書いても返事はありません。恋愛テクの基本として、男性からのアプローチにはすぐ応えてはいけないのです。今の場合は、メールにすぐ応えない方が良いとかぐや姫に教えてもらったようです。寒い日も暑い日も男たちはかぐや姫の家に通い、神仏に祈ったり、おじいさんを拝んだりしますが、「この子は実の子じゃないので」と断られるばかり。しかし、いつしかおじいさんもかぐや姫が結婚した方が良いと思うようになり、説得に乗り出します。かぐや姫はそもそも結婚願望がないのですが、世話になったおじいさんがそんなに言うのならと、男たちに難題を与えて、叶えてくれた人と結婚しても良い、と高飛車な条件を提示します。そして五人それぞれに、「仏の御石《みいし》の鉢」「蓬萊《ほうらい》の玉の枝」「火鼠《ひねずみ》の皮衣《かわぎぬ》」「竜《たつ》の首の珠《たま》」「燕《つばくらめ》の子安貝《こやすがい》」を持ってきて欲しいとリクエスト。かぐや姫はここでも恋心を高めるテクを使っています。男は挑戦が好きなので、難題を出すほど燃えるのです。また、人は相手に何かしてあげるほど執着するようになる、と聞いたことがあります。

しかし架空の珍品を持って来られるはずもなく、偽物をかぐや姫に看破されて恥ずかしい思いをしたり、ショックで引きこもってしまったり、航海で死にかけて逆恨みしたり、ファム・ファタルに振り回され堕《お》ちていく男たち。中納言にいたっては燕の子安貝を取ろうとして屋根から落下した挙げ句、手に握っていたのは燕の糞《ふん》で、打ちどころが悪くて死んでしまうという悲惨な結末に……。この知らせを耳にしたかぐや姫は少しだけかわいそうに思ったものの、一滴の涙もこぼしませんでした。余計な同情心を持たないことで、男の恨みの念をはねのけることができます。

かぐや姫の魔性伝説に興味を持った帝《みかど》が、后《きさき》として宮仕えするように要求しますが、当然のように拒否するかぐや姫。帝の真摯《しんし》な思いにほだされて、しばらく文通するものの、結局時が来て月に帰ってしまいます。手が届きそうで届かない距離感を保つのも、重要な恋愛テクです。最後、「月を見たら私を思い出してください」などと別れの言葉を書き綴《つづ》った手紙と形見の品をおじいさんとおばあさんに残し、かぐや姫は昇天。さんざん二人に迷惑をかけ、男たちにひどい仕打ちをしても、ハートウォーミングな手紙を書けば美談になり、終わり良ければ全て良しです。仕事中感じ悪かった女優が、しばらくして直筆のお礼状を送ってきて一瞬で印象が良くなったというエピソードを思い出しました。実際は冷酷で意地悪な魔性系女の話なのに、老人に優しいエンディングで、「かぐや姫」は心温まる昔話だという印象が、日本人の心に刷り込まれました。時代を超越した恐るべき処世術です……。恋愛で相手に振り回されそうになったら、夜空にミステリアスに輝く月を見上げれば、かぐや姫の高貴な生きざまが思い起こされ、女の自尊心を取り戻せそうです。

『蜻蛉日記』

日本 10世紀末

右大将道綱母

心に刻みたい愛の名文

嘆《なげ》きつつ　独《ひと》り寝《ぬ》る夜《よ》の　明《あ》くる間《ま》は
いかに久《ひさ》しき　ものとかは知《し》る

教科書で習った記憶がうっすら残っている『蜻蛉日記《かげろう》』。あらすじを見て興味を惹かれ、改めて読んでみたらこんなに現代女性も共感できておもしろい日記文学があったとは、と驚きました。今のブログや日記小説の始祖のような存在です。しかも内容は、Facebookのイイネ！ 的リア充アピールとは真逆の、自虐系。作者は右大将道《みち》綱母《つなのはは》、藤原《ふじわらの》道綱母とも呼ばれる九〇〇年代の女性です。当時の書物には「本朝第一美人三人内也」（日本三大美女の一人）と書かれるほどの美女で歌の才能にも恵まれ、夫は政治家として名高い藤原兼家《かねいえ》（道長の父）というセレブマダム、全て持っているのにどこに自虐の因子があるというのでしょう（日本人の脳のセロトニンシステムがそもそも自虐的という説もありますが……）。

「かくありし時過ぎて、世の中に、いとものはかなく、とにもかくにもつかで、世に経《ふ》る人ありけり」（こうして女盛りの時もむなしく過ぎ去ってしまって……。ある所に、ひどく頼りなく、夫のある身とも独り身ともいえないような状態で暮らしている女がいたのである）……序文からテンション低すぎです。続いて、世の中の古い物語はきれい事で嘘ばかり、人並みでない私の身の上を日記にしたらめずらしいだろう、という自尊と自虐が入り交じったような文が続きます。身分の高い男性とのおとぎ話のような結婚。でもその現実は淋《さび》しいものでした。兼家は仕事面も性的にもアグレッ

別の女性のところへ通っていた夫が久しぶりに
訪れ、妻の体に手を伸ばすと…
ガチ ガチ
石木《いわき》のように固くなって無反応…
マグロ状態より強硬な拒絶反応です

シブで他にも女がたくさんいたのですが、作者は美人でプライドが高いからか、他の女のもとに通う夫の態度に深く傷つき、心を閉ざしていってしまいます。日記の最初は、激しく求婚してきた夫の思い出に浸る作者。兼家二十六歳、作者十九歳の時の話です。美人の噂を聞きつけて、使者に手紙を届けさせ、しつこいアピールの上、やっと契《ちぎ》りを交わすと、後朝《きぬぎぬ》の文《ふみ》をやりとりし、結婚成立。作者は十九歳にして完璧な返歌を送ります。もしかしたらこの時、夫の気持ちがちょっと冷めてしまったのかもしれません。若い女には未熟でいて欲しいというのは、おそらく今も昔も変わらない男の本音です。

作者が二十歳で出産する前後、浮気男の下半身の欲求から兼家はついふらふらと他の女のところに行ってしまいます。文箱《ふばこ》（今で言うスマホのメールボックス）を何とはなしに開けてしまったら、他の女への手紙を発見。「疑はし　ほかに渡せる　文見れば　ここやとだえに　ならむとすらむ」と、発覚直後、やたら直接的で現代語訳も必要ない歌を詠む作者。掛詞《かけことば》とか暗喩《あんゆ》を考える心の余裕がないテンパリ具合が伝わってきます。しばらくして冷静さを少し取り戻した作者は、〝家を素通りして〝町の小路の女〟のもとに行ってしまった兼家に歌を送ります。「嘆《なげ》きつつ　独《ひと》り寝《ぬ》る夜《よ》の明《あ》くる間《ま》はいかに久《ひさ》しき　ものとかは知《し》る」。この歌はもしかして百人一首にも収められたかの有名な作品……。逆境で生まれたものは傑作になるのでしょうか。浮気相手の女は、容貌も才能も作者より劣っていたそうです。でも、こんな名歌を送ってくる美人でプライドが高い妻がいたら、夫にとっては心の負担で、もっと庶民的で一緒にいてラクな女に癒しを求めたくなる気持ちもわからなくもありません。たまに夫が来ても、作者の機嫌が悪いのでいづらくて早々に帰ってしまう悪循環に。そうしているうちに浮気相手の女が男児を出産し、作者は死にたいくらいの絶望感に苛《さいな》まれます。でも、しばらくして事態は急展開。出産してから夫の浮気相手への愛情は冷め、男児も亡くなってしまったのです。作者への態度と同じパターンで、女が子どもを産むと気持ちが一気に萎《な》える兼家は生殖本能に素直すぎる男です。でもそれよりも気になるのは、〝町の小路の女〟の不幸を聞いて、ここぞとばかりにディスる作者の鬼女《きじょ》的キャラです。「私と同じように苦しい思いをさせてやりたかった」「周りがもてはやしているけれど実は言う価値もないつまらぬ素性の女」「胸のつかえがおりて、すっきり」と、現代なら炎上しそうな率直すぎる感想を書いています。願っていた通りに不幸になったとは怖すぎで、今でいうデスブログのような日記です。この日記に比べると清少納言の『枕草子』はまだきれい事に思えてきます。性格の悪さと文才は比例するのでしょうか……。でも、人を呪わば穴二つ、平安時代は人の生き霊が水面下で戦っている時代です。今度は作者の母親が病気で亡くなってしまい、またネガティブスパイラルに……。

さらに、兼家も病気（盲腸か胆石）になり、二人の魂はネガティブな波動で合致し、つかの間の円満な時が訪れます。兼家は突然の痛みに気が弱くなり「私が死んでも喪中は結婚しないで」などと言う夫の言葉に二人で泣いて盛り上がります。でも、元気になったらまたもとの浮気男に戻ってしまうのですが……。

夫の訪れが途絶え気味になると、作者は夫が最後に洗顔に使った容器にホコリが浮いているのを見て悲しくなったり、暇を持てあまして手慰みに鴨の卵を十個も糸で結びつけたり、情緒不安定になります。そして元旦には「三十日三十夜《みそかみそよ》はわがもとに一日も欠かさず来てほしい」という重い手紙を兼家に送ってしまいます。夫は「ひと月三十日で数えると毎年五、六日余るので恋心が余るあなたのために閏月《うるうづき》があるのかもしれない」と、うまいことを書いて返します。さすが女の扱いに慣れています。性欲と出世欲は比例し、左中将に出世した兼家。もう夫への執着は吹っ切ってセレブの妻としての身分に満足すれば気が楽なのに、作者は悩み苦しみ、いっそ尼《あま》になってしまおうかと思い詰めます。お正月にも素通りされ、また別の女の存在を感じて胸が痛い作者。数日後夫が来て、久しぶりに夜の夫婦生活を持とうとしますが、石木《いわき》のように体を固くし無反応のまま夜を明かしたら、兼家は黙って出て行ってしまいます。その後、素通りされ続ける日々に耐えかねて作者は山寺にこもることを決意。作者が見た夢が象徴的です。お腹の中にいる蛇が動き回って内臓を食べる、という内容で、自らの負の念で自分自身がダメージを受けている状況を表しているようです。華やかな都会と山寺の落差に卑屈になってまた落ち込む作者。でも、兼家は優しさを見せ、遠路はるばる妻を迎えにきて、京都に連れ戻します。道中も大きな声で冗談を言う陽気な夫と、無反応のネガティブ妻。もし他に女がいなければ、お互い持っていない性質を補完し合える二人は良い夫婦になったかもしれません。家に戻ると、女主人に染まってネガティブな侍女が「撫子《なでしこ》は枯れて根もなくなり、呉竹《くれたけ》も一本倒れました」と、ダウナーな報告。兼家は「お聞きになりました？　世を捨てて家出した人に、撫子は撫でるように育てたとか、呉竹は立てたとか、よく言いますよね」と冗談を言い、おもしろかったけれど意地でも笑わない作者。ここにも男女不和の要因が……。

平安時代には「ツンデレ」という価値観はまだなく、限られた逢瀬《おうせ》の時間に素直になれない女は男に敬遠されてしまいます。作者の一挙一動に現れる反面教師ぶりは、現代の女性にも参考になります。でも、満たされず不幸だったからこそ、作者の文才は花開き、後世に残る作品を書けたのでしょう。

『好色五人女』

井原西鶴

日本　1686年

心に刻みたい愛の名文

取り集めたる恋や、
哀《あは》れなり、無常《むじやう》なり、夢なり、現《うつつ》なり。

江戸時代のリアルな恋愛ドラマを書いた、井原西鶴《いはらさいかく》の人気「好色」シリーズ第二弾『好色五人女《こうしよくごにんおんな》』。一六八六年に出版されたこの本は、当時話題になった実際の情事をもとに書かれています。テレビもネットもない時代、ゴシップは流行歌や歌舞伎、浄瑠璃などの調べに乗って広まっていったそうで何とも風流です。しかし不義密通は極刑に処せられる厳しい封建社会で、背徳的な恋愛は命がけでした。

巻一「姿姫路清十郎物語《すがたひめじせいじゆうろう》」は、遊女にモテモテの清十郎が、奉公先の主人の娘、お夏《なつ》と恋に落ちる話。駆け落ちの途中で二人は捕らえられ、清十郎は屋敷から七百両もの大金を盗んだと無実の罪を着せられ、あっけなく処刑されてしまいます。それを知ったお夏は出家して心を鎮《しず》め、清十郎の魂を弔《とむら》ったそうです。「泡《うたかた》のあはれなる世や」という結びの一文が効いています。

巻二「情《なさ》けを入れし樽屋《たるや》物語」は、お伊勢参りがきっかけで知り合った樽屋と結婚し、幸せな結婚生活を送っていたおせんが、法事に行った先で麹屋長左衛門《こうじやちようざえもん》という既婚男性といい感じになったのを夫に見とがめられ、鑓鉋《やりがんな》で胸を刺して自殺。長左衛門も磔《はりつけ》にされて二人の死骸はさらしものに……。人妻の不倫は死刑という時代です。「あしき事はのがれず、あな恐ろしの世や」（悪事は天罰をのがれられぬもの）と、戒めの言葉でしめくくられています。恋愛したい気持ちを盛り上げる小説集とい

「好色五人女」に学ぶ江戸時代の恋愛テク
♡好きな男性に自分の爪をはがして送る
ペリ
♡雷を恐がってしがみつく
ピカッ
♡一人部屋で寝てスキを見せる
虫歯が痛い…
こんなに体が冷えたのは誰のせいで？
そのあと首筋を噛む
♡イモリを黒焼きにして好きな人の頭にふりかける
パラパラ
今の時代に応用…するのは無理そうです。

うより、「恋愛にハマると大変なことになる」と、読者を道徳的に導く啓蒙書のようです。

巻三「中段《ちゅうだん》に見る暦屋《こよみや》物語」は、美人の誉れ高いおさんが屏風《びょうぶ》職人に見初められ十四歳の若さで結婚。何不自由ない暮らしを営んでいたところ、下女りんがお手伝いの茂右衛門《もえもん》に恋したのを知り、二人の仲を取り持とうとしますが、うっかり自分が茂右衛門と肉体的に交わってしまいます。二人は偽装心中し人目を忍んで暮らしますが、最終的に元亭主に見つかり、市中引き回しの上、処刑。だんだん読んでいる側も死刑に慣れてくるのが恐ろしいです。

巻四「恋草《こいぐさ》からげし八百屋《やおや》物語」は有名な八百屋お七《しち》の物語です。好きな男性に逢うために、わざと火事を起こしたという放火行為の印象ばかりが強いですが、恋に落ちるシーンもドラマティック。若い男性が手にトゲが刺さって困っていたのを、お七が抜いてあげて、その時お互い手を握りあって恋心が芽生えます。でも、なかなか進展しない恋に苛立ったお七は、火事が起これば二人の間も燃え上がるかもしれないと魔が差したのでしょうか。家に火を付け、あえなく御用に……。捕らえられて江戸中引き回され、火あぶりという非業《ひごう》の最期を遂げます。「取り集めたる恋や、哀《あは》れなり、無常《むじやう》なり、夢なり、現《うつつ》なり」と、また達観したような結びの一文が、恋愛ドラマに没頭していた読者を現実に引き戻します。

最後に収録された、ゲイの源五兵衛《げんごべえ》に恋したおまんが男装して彼にアプローチし、めでたく結ばれる巻五「恋の山源五兵衛物語」を除いて、五話中四話が、死別で終わっている『好色五人女』。「好色」という軽いタイトルで手に取ったら、かなりダークな内容でした。平均寿命が四十歳前後だった江戸時代の人は十代前半から色恋に発展的で太く濃い人生を送っていたようで、寿命が八十年に延びた現代人は人生の密度が薄くなってしまった感が……。江戸時代の「不倫は死刑」法が再施行されたら、平成の世も平均寿命四十歳前後になって、刹那《せつな》的な恋愛が盛り上がることでしょう。

『十三夜』

樋口一葉

日本　1895年

心に刻みたい愛の名文

録《ろく》さんこれは誠《まこと》に失礼なれど
鼻紙なりとも買って下され

樋口一葉《ひぐちいちよう》には、美人薄命で天才と、良いイメージしか抱いていませんでした。頭痛持ちなのに、難解な文体の小説を世に送り出して才気あふれる素晴らしい女性作家だとリスペクトしていたのです。しかし、『乙女の日本史　文学編』（実業之日本社）を読んだら、樋口一葉腹黒説が。著者の堀江宏樹《ほりえひろき》先生によると、一葉は新聞記者の半井《なからい》桃水《とうすい》に弟子入りしつつ、いつしか毎月お手当をもらう関係になっていたとか。振られてお金がなくなると、次は近所の占い師の男性にアプローチして、お金を引っぱってきたそうです（男女関係があったかどうかは不明）。薄幸系のルックスを利用して、男性の庇護《ひご》欲を刺激していた一葉。彼女の肖像がプリントされている五千円札を持ち歩いたら、男性におごられ運が上がる御利益でもあるかもしれません。

そんな樋口一葉が、どのくらいの女子力の持ち主か、彼女の小説からにじみでているものを検分させていただこうと思いました。そこで選んだのが『十三夜』です。

まず出だしの、「例《いつも》は威勢よき黒ぬり車の、それ門《かど》に音が止まつた、娘ではないかと両親《ふたおや》に出迎はれつる物を、今宵《こよひ》は辻より飛《とび》のりの車さへ帰して悄然《しよんぼり》と格子戸《かうしど》の外に立てば……」という最初の文を読んで、この女性は手強《てごわ》い！　と感じました。一見して漢文のような難解な文体だけれど、リズムが美しくて言葉選びにセンスがあります。「私は頭が良くてセンスも最高なの」と主張しているかのようです。読者を選ぶ

車夫になった少女時代の恋人と再会した阿関
録さん、これは誠に失礼なれど、鼻紙なりとも買って下されれ
今ならティッシュ代？ お金の価値を低めて施される男性のプライドを傷付けない巧みな話術です

スノッブな文体。お札《さつ》の、平面的な和風顔にだまされていますが、実は相当な野望家かもしれない、と読み進むにつれ畏怖の念がこみ上げました。

主人公は、阿関《おせき》という若い美人妻。高級官僚の原田勇《はらだいさむ》に嫁いだものの、夫にバカにされる日々、ついに腹にすえかねて実家に戻ってきてしまう、というシーンから物語ははじまります。突然の娘の来訪に驚きつつも喜びを隠せない両親。好物の栗や枝豆をすすめてもてなします。優しい両親に、娘は徐々に心の内を吐露します。「千度《ちたび》も百度《ももたび》も考へ直して、二年も三年も泣尽《なきつく》して今日といふ今日どうでも離縁を貰ふて頂かうと決心の臍《ほぞ》をかためました」という固い文体や「臍をかためる」という慣用句が、緊張感を増幅させます。そして阿関が語った、冷えきった原田家の夫婦生活とは……。子どもが生まれた途端、夫が冷たくなり、高圧的な態度で命令したり、妻を無視したり、芸者にハマったり、さらに傷付くのは「二言目には教育のない身、教育のない身と御蔑《おさげす》みなさる」と、語る阿関。「唯もう、私の為《す》る事とては一から十まで面白くなく覚《おぼ》しめし、箸《はし》の上《あ》げ下《おろ》しに、『家の内の楽しくないは妻が仕方が悪いからだ』と仰《おっ》しやる」と、明治の女の格調高い口調はやたら説得力があります（そして一文が長く、肺活量もすごいです）。現代なら「夫にバカにされてムカつく」と親にグチを言ったところで、「わかったから、帰りなさい」と適当になだめられそうです。ただならない阿関の様相に、両親も原田勇への反感を高めます。「彼《あ》の娘《こ》の突いた白い羽根が通り掛つた原田さんの車の中へ落たとつて、夫《そ》れをば阿関が貰ひに行きしに、其《その》時はじめて見たとか言つて人橋《ひとはし》かけてやいやいと貰ひたがる」と、結婚のいきさつを回想。阿関は、ひとめ惚《ぼ》れした原田勇がなんとかして妻にしたくなるほど、相当な美少女だったことが窺《うかが》い知れます。「斯《か》く形よく生れたる身の不《ふ》幸《しあはせ》、不相応の縁につながれて幾らの苦労をさする事」と、美人に生まれた娘の苦労を思いやる父。両親に慰められながらも、原田勇が阿関の弟の就職の世話をしていたり、息子がかわいそうということになり、結局がまんした方が良い、という話になります。大人の事情で、何事もなかったかのように事態を収拾させることに。小説なのにやたら現実的な展開ですが、お金持ちの夫なので下手に離婚しない方がいいかもしれません。一葉の、やっぱりお金が大事、というメッセージを感じます。女性は一度、裕福な暮らしを手に入れてしまったら、もう生活レベルを下げられない生き物……であることは、一葉も重々承知しているのでしょう。

　穏便な展開に少し安心したら、それだけでは終わらず、最後にカタルシスが待っていました。阿関が実家からお屋敷に帰る途中、乗った人力車の車夫《くるまや》が、少女時代いい仲だった男性、録之助《ろくのすけ》だったのです。「貴嬢《あなた》は相変らずの美くしさ、奥様にお成りなされたと聞いた時から夫《それ》でも一度は拝《をが》む事が出来るか、一生の内に又お言葉を交《か》はす事が出来るかと夢のやうに願ふて居ました、今日までは入用《いりよう》のない命と捨て物に取りあつかふて居ましたけれど命があればこその御対面、ああ宜《よ》く私《わたくし》を高坂《たかさか》の録之助と覚えて居て下さりました、辱《かたじけ》なう御座ります」と、やたら卑屈になっている彼は、昔はかっこよかったけれど、今は放蕩《ほうとう》のあまり妻に離縁され家もなく一人安宿暮らしとすっかり落ちぶれてしまいました。「今は此様《このやう》に色も黒く見られぬ男に」「如何《いか》にも浅ましい身の有様《ありさま》」と、表向きは再会を喜びながらも内心厳しい目で観察している阿関が怖いです。前半では夫に辱《いじ》めを受けていたリベンジがここで……。男性には負けたくない、という一葉の意地でしょうか。美しい貴婦人の阿関は車夫の録之助に施しを与えます。これで女のプライドは復活しました。読後感が気持ち良い、というのが彼女の文学の麻薬的な魅力かもしれません。

『蒲団』
田山花袋

日本　1907年

心に刻みたい愛の名文

あの男に身を任せていた位なら、
何もその処女の節操を尊ぶには当らなかった。
自分も大胆に手を出して、
性慾の満足を買えば好かった。

高校時代、国語の授業であらすじを紹介されただけで、「キモい……」とざわめきが広がった『蒲団《ふとん》』。ストーリーは女々《めめ》しいですが、写実的かつ客観的に人生を描く「自然主義文学」の代表作とされています。一九〇七年、女弟子との関係を告白したと言われるこの作品が、文壇で話題になりました。武骨なヒゲ面の著者近影を念頭に置きながら読むとリアル度が増します。

主人公の時雄《ときお》は妻子ある小説家。年は三十半ば、細君とも倦怠《けんたい》期の毎日、弟子になりたいという女学生芳子《よしこ》からの手紙を何通も受け取ります。手紙の文章はセンスが良く、見込みがあると感じた時雄。でも、何より気になるのは彼女の外見です。ここで、現代の文学界にも通じる、痛烈なメッセージが。

「女性には容色《きりよう》と謂《い》うものが是非必要である。容色のわるい女はいくら才があっても男が相手に為《し》ない。時雄も内々胸の中で、どうせ文学を遣ろうというような女だから、不容色《ぶきりよう》に相違ないと思った」

今、女性作家といえば美人揃いですが、百年前から、もうルックスが重視されはじめていたようです。厳しい現実を淡々と書いてしまうのは、さすが自然主義文学です。

しばらくして、父と一緒に時雄の家を訪れたのは、美しくハイカラな女学生でし

恋しい芳子を想い、彼女が使っていた
蒲団や夜着の匂いを嗅ぎまくり顔を
うずめて泣く時雄
先生〜
うぅっ
KUN KUN
これで彼女と同じ蒲団に
寝たことに…（間接SEX）
小学生男子が好きな女子の
たて笛を吹いて間接キス
するのと同じレベルです
精神年齢は少年のまま…

た。芳子に「先生！」と慕われ、時雄はすっかり舞い上がってしまいます。家に下宿させてしばらくはウキウキ気分でしたが、だんだん妻の実家に問題視されるようになり、妻の姉の家に住まわせることに。しかし芳子はいつの間にか男友達をたくさん作って彼らと出歩くようになります。小説を執筆するより、男に手紙を書く時間の方が長い芳子。時雄は芳子が責められると必ず肩を持ち、良き理解者であろうとします。その裏には下心がうずまいていました。芳子がひとりの時に部屋を訪れ、何も起こらなかったけれど、いい感じだったと思い込みます。芳子も思わせぶりな態度で彼を翻《ほん》弄《ろう》します。

しかし甘美な妄想の日々は長く続きませんでした。芳子に同志社大学に通う田中秀《たなかひで》夫《お》という恋人ができたのです。その時の時雄の荒れぶりは尋常ではありませんでした。昼から酒を飲み、子どもの尻を乱打するDV行為に及び、酔って厠《かわや》の中に寝てしまう醜態を晒《さら》します。

嫉妬の念にかられて神社の境内に寝転がりながらも、小説家として自分の精神状態を客観的に観察する時雄。「この悲哀は華やかな青春の悲哀でもなく、単に男女の恋の上の悲哀でもなく、人生の最奥に秘《ひそ》んでいるある大きな悲哀だ。行く水の流、咲く花の凋落《ちょうらく》、この自然の底に蟠《わだかま》れる抵抗すべからざる力に触れては、人間ほど儚《はかな》い情《なさけ》ないものはない」と、語っていることは壮大で文学的ですが、実際の行動は男らしくありません。芳子の不在時、彼女あての秀夫の手紙を盗み見たりします。時雄には一縷《いちる》の望みがありました。それは、芳子が恋人の秀夫とまだ深い関係になっていないかもしれないという希望……。「接吻《せっぷん》の痕《あと》、性慾の痕が何処《どこ》かに顕《あら》われておりはせぬか」と、血眼になって手紙を読みますが、真相はわかりません。次第に芳子と秀夫の交際が目に余るようになってきたので、郷里の両親に報告。父親は二人を見て、すでに肉体関係があると直感します。時雄は芳子に、最近の手紙を見せろと迫りますが、「焼いて了《しま》いました」という返事に、ただならぬ関係を察し、激昂《げきこう》します。「あの男に身を任せていた位なら、何もその処女の節操を尊ぶには当らなかった。自分も大胆に手を出して、性慾の満足を買えば好かった」と煩悶《はんもん》する時雄。自然主義ならではの正直すぎる独白です。

時雄は、とうとう父親に通告して彼女を田舎に返してしまいます。そして後日、不在の部屋の蒲団に顔を押し付ける、という有名なシーンで幕を閉じます。

私小説『蒲団』を執筆することは、著者にとって思いを書き出すことで癒されるセラピー的な面もあったのかもしれません。ヘンリー・ミラーも、「失恋したら小説を書け」と言っています。彼に創作のインスピレーションを与えた芳子は、ミューズと言っても過言ではないです。彼女は小説家の卵として自分の才能に限界を感じていたので、作家の作品のヒロインとなって後世に名を残したかったのでしょうか。時雄も、派手な雰囲気の彼女を受け入れた時からこうなることは予感していたのかもしれません。ネタになりそうだという邪《よこしま》な期待と共に……。純粋に恋愛に没頭できない小説家という職業の悲哀が漂う名作です。

『ヰタ・セクスアリス』

日本　1909年

森鷗外

心に刻みたい愛の名文

青年男女のnaively《無垢》な恋愛が
ひどく羨ましい、妬《ねた》ましい。
そして自分が美男に生れて来なかった為《た》めに、
この美しいものが
手の届かない理想になっている……

明治四十二年に発表された時は、ポルノグラフィー扱いされ掲載誌が発禁処分を受けたといういわくつきの小説『ヰタ・セクスアリス』。ラテン語で性欲的生活を意味するタイトルで、哲学講師が自らの性欲の歴史を綴ったストーリーとのことで、頭が良すぎて変態っぽい匂いに期待が高まります。

主人公の金井《かない》君は色恋沙汰とは距離を置くスタンスで、自分は「frigiditas」（ラテン語で性的不感症の意味）ではないかと心配しつつ、色情的な事件が起こる俗世を醒《さ》めた目で見ています。ある時読んだ哲学の本に「あらゆる芸術はLiebeswerbungである。口説《くど》くのである。性欲を公衆に向かって発揮するのであると論じてある。そうして見ると、月経の血が戸惑《とまど》いをして鼻から出ることもあるように、性欲が絵画になったり、彫刻になったり、音楽になったり、小説脚本になったりするということになる」。「Liebeswerbung」とはドイツ語で「求愛」だそうですが、アカデミックな言葉を用い、全ての芸術は性欲が原動力だと強引な論を展開する金井君。たしかに一部のミュージシャンはモテたいのが動機かもしれませんが、崇高な使命感を持っている表現者もいるはず……。非モテ男子の妄想が入り交じっているのが興味深いです。

金井君は、性欲が人生に与える影響を検証したいと思い、「性欲界の豪傑Casanova」に妙な対抗心を抱きつつ、自分の性欲の歴史を綴ってみようと思いま

美男に生まれなかったコンプレックスで
恋愛から遠ざかり気味の主人公
男前の友人
恋愛の萌芽とcopulationstrieb（交接欲）とは別々だ
ブッブツ
自分には縁遠い世界だ
モカモカ
その反動か学問に没頭……難解な用語を連発しています
naively（無垢）な恋愛がひどく羨ましい……
その強がりがこの小説の萌えポイントです

す。さかのぼって六歳の時、近所の後家さんの家に行ったら女二人で春画の本を眺めているところで、「人物の姿勢が非常に複雑になっている」春画を見せられ、絵の中の巨大な男性器を足だと言ったら笑われるという辱《はずかし》めを受けたことを述懐。もしかしたらこの時の嫌悪感が彼を性欲から遠のかせるようになったのかもしれません。七歳の時も、門番の貧しいじいさん（五十でじいさん呼ばわりとは……）に、夜、父と母が何をやっているか知っているかと下品な言葉を投げかけられ、足早に通り過ぎた、というできごとがありました。十歳の時は、近所の女の子にノーパンの着物でジャンプしろとそそのかして、秘所を覗《のぞ》き見しようとしますが結局何も見えず、大人になった今にいたるまで、女性の局部を見たことがないとカミングアウト。卑猥《ひわい》な行為をしておきながら、哲学講師としてストイックな面をアピールしています。

やがて本郷《ほんごう》のドイツ語を教える私立学校に入学した金井君は、平易な授業に退屈すると辞書で「Zeugungsglied（男根）」「Scham（女性の外陰部）」といった単語を引いて遊んだりします。日本語の性器の表記に比べて、ドイツ語にするととたんに高尚な印象に。金井君は授業中「Furz（屁）！」と叫んだり、最終的にオナラに行き着くのが無邪気です。十四歳の時は、人情本を読み、恋愛ストーリーに思いを馳《は》せるも、「その美しい夢のようなものは、容貌の立派な男女の享《う》ける福で、自分なぞには企て及ばない」と外見コンプレックスからますます消極的に。お酌《しゃく》の女性と良い感じになったという美少年の友人、埴生《はにゅう》を羨ましく思いながらも、恋愛の萌芽と「Copulationstrieb（ドイツ語で交接欲）」は別々である、と冷静に考察します。金井君は恋愛を美しい夢のように思い浮かべても、それが性欲にはつながらない淡泊《たんぱく》な性格で、自慰行為を試みたら頭痛や動悸に見舞われてしまったこともありました。性欲に悶々《もんもん》とすることもなく、勉学に邁進《まいしん》する金井君。性欲に振り回された級友は試験で淘汰《とうた》され、次々と脱落していきます。

十五歳の時、古賀《こが》と児島《こじま》という二人の親友ができ、性欲まみれの同級生を見下す生息子（童貞の素敵な表現）たち。根津《ねづ》の遊郭の女性にハマって学業放棄した級友を尻目に、順調に大学に入学します。しかし内心では「青年男女のnaively（英語で無垢）な恋愛がひどく羨ましい、妬《ねた》ましい。そして自分が美男に生れて来なかった為《た》めに、この美しいものが手の届かない理想になっている……」とリア充の級友の姿に煩悶し、童貞の思いをほとばしらせます。十七歳の時、古道具屋の娘に心惹かれたり、琴が上手な士族の娘に間接的にアプローチされたり、十八歳の時はお蝶《ちょう》という召使いの娘の意味深な視線が気になったり、二十歳で大名華族の令嬢とお見合いするも貰う気になれなかったり、何かが起こりそうで起こらないまま時はすぎ、大学を卒業（結局本人の理想が高すぎるのかもしれません）。そしてついに吉原《よしわら》に行き、童貞喪失というクライマックスが訪れるのですが、その詳細については触れず「僕は騎士としてdub（騎士の称号を与える儀式）を受けたのである」と、アカデミック＆スノッブに表現していて肩すかしです。性欲の歴史を書くと宣言しておきながら、肝心な部分はきれい事で終わらせるなんて……。昔の映画でラブシーンが海の波が打ち寄せる映像で表現されているようなものです。そのあと、一人目の妻と死別し二人目の妻を迎えたとさらっと書いていたり、人間的な情を感じさせません。性欲の歴史とか発禁本という触れ込みに期待して読んだ読者が欲求不満になり、性欲を掻《か》き立てられてしまいそうな、恐るべき小説です。

『人でなしの恋』

江戸川乱歩

日本　１９２６年

心に刻みたい愛の名文

あなたのような美しいかたに、
あのご立派な奥様をさしおいて、
それほどに思っていただくとは、
私はまあ、なんという果報者でしょう。

47 『人でなしの恋』 江戸川乱歩

江戸川乱歩《えどがわらんぽ》先生は探偵小説で読者をワクワクさせてくれるいっぽうで、変態的な小説で読者をゾクゾクさせるエンターテイナー。見初《みそ》めた女性の家の椅子にひそむ男性のフェティッシュな愛を書いた『人間椅子』、覗《のぞ》き趣味の男性が暗躍する『屋根裏の散歩者』など、アブノーマルな世界観も刺激的です。

『人でなしの恋』も、モラルや古い道徳観念を一蹴するような当時としては斬新な内容。大正十五年の『サンデー毎日』に発表されたというのが意外です。今、大学合格者一覧を掲載しているようなまじめな雑誌に……。江戸川乱歩本人の解説のページでは、「編集者にも読者にも余り歓迎されなかったように思う。しかし、私自身はやや気に入ってる作品の一つである」と謙遜気味にリコメンドされていました。でも、映像化や劇化もされ、当時それなりに話題になっていたのだと思われます。

江戸川乱歩の小説は出だしが巧みで読者を引き込む力が強く、この小説も「門野《かどの》、ご存知でいらっしゃいましょう。十年以前になくなった先の夫なのでございます」と、未亡人がいきなり語りかけてきます。「門野家へ私がお嫁入りをしましたのは、どうした御縁からでございましたかしら」。わけありな空気を漂わせていますが、このやたら丁寧な言葉遣いが変態性を増幅。語り手の京子《きょうこ》が、門野という男性と仲人の紹介で結婚したところから話は始まります。「門野」と名字で呼んでいるところに心

人形マニアの夫にショックを受ける妻
むしろ夜の営みの時
人形っぽく
完全マグロ状態で
寝ていれば良いので
ラクそうですが…

の距離感が感じられますが……。門野はかなりの美男子で、陰気で顔色が悪いながらも、なんで自分のようなお多福と結婚したのかと、内心いぶかる妻。もしかしたら他に女性がいるのでは？ と疑いますが実際はそのようなことはなく、新婚生活が始まると、物柔らかな優しい夫で、しかも透き通るような美男子。十九歳の京子はすっかり魅了され、我を忘れてしまいました。ただ、彼が憂鬱《ゆううつ》で「しんねりむっつり」しているところが少し気になりつつ……。あまり見ない単語、「しんねり」は湿っぽい語感ですが、辞書によると「性質などが陰気で、心に思うことをはっきりと言わないさま」だそうです。何か闇を抱えていそうですが、イケメンで優しいのならたいていのことは許せる気がします。江戸川乱歩先生のことなので、よっぽどの変態なのか、読みながら期待が高まります。

京子が異変に気づいたのは半年後。女のカンは鋭く、夜の夫婦の営みの間も、どこかうつろで空虚なものを夫に感じていました。夫は土蔵の二階にこもって先祖伝来の書物を読むことがあり、妻が寝静まってからそっと抜け出す姿が怪しいと思われました。ある夜、夫が土蔵にこもっている時に、覗き見した京子。

「ちょうどそのとき、実に恐ろしいことが起こったのでございます」「俗にいう虫の知らせでもあったのでございましょうか」と、煽《あお》る著者。しかし最初は、まだ詳細は明らかにされません。京子は、土蔵に他の女でも連れ込んでいるのかと疑っていたのですが、実際に聞こえてきたのは、夫と女の会話でした。なんと夫は、京子を愛そうとしたけれど無理で、浮気相手の女の方がいいという意味の発言を……。「あなたのような美しいかたに、あのご立派な奥様をさしおいて、それほどに思っていただくとは、私はまあ、なんという果報者でしょう」と、女の声に続き、衣ずれや口づけの音が聞こえました。

それから京子は、たびたび土蔵を覗き見し、鍵を盗んで中を家《や》捜ししたり、マッチの炎で照らしたりして、何か証拠を摑《つか》もうとします。しかし女の姿は確認できず。挙げ句には、生き霊がとりついているのではないかと妄想したり……。結末に行くまでかなり引っ張り盛り上げる筆力はさすがです。夫の浮気相手はいったい何者なのでしょう。土蔵にこもるという行為でピンと来た読者も多いことでしょう。タイトルの「人でなしの恋」にヒントが隠されていました。人でなし、人じゃない、ということは、そう、人形……。長持の鍵を開け閉めする音がしたのに気づいた京子は、土蔵にしのび込み、長持を次々開けていきました。中から雛人形が出てきた時は、しばし郷《きょう》愁《しゅう》に浸る京子。さすがに門野の相手は雛人形ではなかったようです。今で言うフィギュア好きの男性ではありませんでした。そして最終的に、女の直感で長さ三尺（約九十センチ）もある白木の箱を探し当て、開けるとリアルな娘人形が納められていました。安政《あんせい》の頃の有名人形師謹製の生々しく艶《なま》めかしい人形には生命が宿っているようでした。人形の肌は夫の手垢でヌメっているというのが、妻的には萎《な》えポイントです。さらに、夫が女の声色で人形のセリフをしゃべっていたことも致命的なキモさ。自分のことを「あなたのような美しいかたに……」と言っていたのもナルシストすぎです。

京子は激昂し、一番やってはいけない破壊行為に及び、そのことで事態は悲劇的な方向に……。でも、妻の気持ちも理解できます。人形は決して年を取らず、いつまでも美しい顔を保ち続けます。その反面、妻は年々加齢が進行。浮気相手に敵うはずはありません。今なら、夫が2次元アニメ好きみたいなものです。『人でなしの恋』はその後のダッチワイフの登場を予言していたかのような小説です。むしろ、さらに変態性がパワーアップした後世の日本人。本物そっくりのリアルドールは美しい顔形だけでなく、性器も兼ね備えています。痛車《イタシャ》イベントでリアルドールを助手席に乗せてドライブしたり、服を買い与えたり髪をとかしてかわいがるオタの方々を見たことがありますが、人形を優しく扱う男性たちを見て、ある種の甲斐性を感じました。人形好きは優しくて紳士的なので、趣味に目をつぶれば穏やかな夫婦生活が送れたことでしょう。それにしても、エログロの名手江戸川乱歩先生の想像を越えてしまった日本人の変態能力に、世も末だと思わずにいられません。門野は浮気相手の人形と、ダッチワイフ的な本番行為に及んでいなかったので、まだセーフだったと思うべきでしょうか……。

『猫と庄造と二人のをんな』

谷崎潤一郎

日本 1936年

心に刻みたい愛の名文

猫は二人きりになると接吻《せつぷん》をしたり、
顔をすり寄せたり、
全く人間と同じやうな仕方で愛情を
示すものだと聞いてゐたのは、
これだつたのか……

日本人は猫に依存しすぎていると常々感じています。ドラえもん、キティちゃん、妖怪ウォッチのジバニャンなど大人気のキャラクターは猫がモチーフで、CMにも猫が出まくり、メディアは猫に支配されているような……。猫を飼って溺愛《できあい》する行為はドラッグより中毒性があって猫廃人になりかねない、と同じく猫好きとして危険性を感じています。そんな日本の未来を作家の先見性で予言していたのが『猫と庄造《しょうぞう》と二人のをんな』。一九三六年に雑誌『改造』に発表された作品です。中公文庫版は旧仮名遣いで表記されていますが、猫好きの気合いでなんとか読み進むと、やわらかく情緒ある文体がするする入ってきます。一見手強いけれど、ハマったら快感という、猫のような小説です。谷崎潤一郎《たにざきじゅんいちろう》自身も猫好きで、とくに雌猫を好んで飼っていたようで、猫の描写がとてもリアルです。

タイトルの通り、猫を中心として男女の三角関係（猫を入れると四角関係）を描いていて、冒頭は、庄造の元妻、品子《しなこ》が福子《ふくこ》に書いた手紙から始まります。品子は、姑《しゅうとめ》と共謀し自分を追い出すようにして後妻の座に収まった福子に対し「せめてリリーちゃん譲って下すってもよくはありません？」（以下、現代文に調整）と、淋しい自分に飼い猫を渡すように迫ります。庄造は大の猫好きなので、もし譲らないのなら、福子も猫以下に思われている、という挑発的な言葉とともに……。手紙を受け取

魚の骨を食べてから口移しで猫に与える夫。
時には一匹の魚の両端をくわえて引っ張り
合うことも
ま、待ちいな！
ニャ!
……
カルシウム的に夫の体は丈夫になりそうですが…

の目の前で見せつけ、小鯵《こあじ》をつまむとリリーの目の前で見せつけてから、福子はそれとなく夫の言動をチェック。庄造は、小鯵《こあじ》をつまむとリリーの目の前で見せつけジャンプさせたりして一匹あたり五〜十分かけて食べさせていました。そして肩に飛びかかったリリーに爪を立てられ「あ、あ、あ痛！　痛いやないか、こら！」と叫んだりして血をにじませながらも嬉《うれ》しそうな庄造。猫好き男子は引っかかれたり爪を立てられてもどこか気持ち良さそうなのが特徴で、完全にM男として猫に調教されてしまっているのでしょう。福子はついに「あんた、その猫品子さんに譲ったげなさい」と切り出します。「リリーちゃん」とか呼ばず「その猫」と言うところに距離感が。庄造は、リリーへの執着心があるだけでなく、品子のことだから何か裏で企んでいるに違いないと警戒し、承諾しません。品子は小鯵が十三匹あったのを庄造が二、三匹しか食べていなくて、ほとんど猫にやってしまったと細かいことを指摘し、なじります。「わて猫みたいなもん相手にして焼餅焼くのんと違いまっせ」と言いますが、人間の女性として、雌猫の完璧な可愛さや媚には勝てないと内心焦りがあったのでしょう。自分と猫、どちらが大事なのか庄造に迫ります。西洋の血が混じったリリーは、毛並みや顔立ちなど、その辺の猫には見当たらないほどの「綺麗な雌猫」。庄造はリリーに骨抜きにされていて、夜、猫の姿が見えないと心ここにあらずだったり、寝ている時は密着。人間の女に浮気するよりも、後戻りできないくらい深くハマっています。福子が、品子に猫を譲れと再三言うと、のらりくらりとかわす庄造。苛立った福子は庄造を猫のように引っかき、つねりまくります。「痛い！　何をするねん！」「もう堪忍《かんにん》、……堪忍！」。猫に対するよりも本気で嫌がっているのが伝わってきます。そしてついに、一週間の猶予《ゆうよ》を経て、品子に譲ることを承知。それでも往生際が悪く、母親のおりんに相談。一遍渡して、品子の気が済んでから取り戻せば良い、などと助言されます。優柔不断でマザコンという、ダメ男の気配が。そこが女たちの母性本能をくすぐりそうですが……。庄造は父のあとを継いで荒物屋（雑貨屋）の亭主になっていますが甲斐性がなく、商売は母親任せで、猫を可愛がることや球を衝くこと、盆栽をいじくり安カフェの女をからかいに行くことくらいしか能がありません。商売が傾きかけているので持参金付きの福子を後妻に迎えたという、打算がありました。そんな人間たちに猫が振り回されてかわいそう、と思わせて実は猫が人間の心を翻弄《ほんろう》していたのです。

ついに庄造は知人の塚本《つかもと》にリリーを託し、品子のもとへ連れて行ってもらうことに。リリーはこれまでにも一度、猫の世話が大変だと母に言われて八百屋に譲ったもののの、自力でボロボロになりながら家に帰ってきたことがあり、それを心のどこかで期待する庄造。かわいがっていたのに、強く言われると猫を手放してしまうのもダメな感じです。戻ってくるのも猫頼みという、どこまでも依存している男。この時、頭の良いリリーの方から、内心、庄造に愛想を尽かしたのかもしれません。そしてリリーは品子の家に連れて来られますが、もともと相性が悪かった人間の女と雌猫が、すぐ心を許し合えるはずはありません。「リリーや、リリーや」と何度呼んでも反応せず、鶏肉や牛乳にも見向きもしないリリー。部屋の隅っこに行き、トイレにも行かず身動きしなくなってしまいます。逃げないように腰紐《ひも》で縛ったりして、ますますリリーに心を閉ざされる結果に。反省して紐を解いたら、油断した隙に逃げられてしまいました。それから数日間、心配で眠れなくなった品子。しかしある夜中、窓の外に物音がして「ニャア」という声とともにリリーの姿が。「リリーや」「ニャア」。呼びかけると答えるかわいさに品子は心を摑まれます。それにしても猫が人間の心を虜《とりこ》にするテクニックには驚嘆の念を禁じ得ません。最初から愛嬌《あいきょう》を振りまいたりせず、クールな態度で対応し、逃げたりして相手を焦らせ、しばらくして戻ってくることで自分の価値を再認識させるという……。福子も品子も、もっと雌猫に学ぶべきだったかもしれません。

リリーは(エサをくれる人だからというのも大きいでしょうが)、その時から品子に甘え、なつくように。顔中なめ回したり接吻《せっぷん》したり、終始ついてきて足元に絡みついたりします。寝ていたら日向臭い匂いをさせたリリーが布団に入ってきて体に密着し、喉をゴロゴロ鳴らしてきました。「真っ暗な中で手さぐりしながら頸《くび》のあたりを撫《な》でてやった。するとリリーは一層大きくゴロゴロ云い出して、ときどき、人差し指の先へ、きゅっと嚙み着いて歯型を附ける」という描写がなんとも官能的です。雌猫と人間の女性の種別や性別を超えた濡《ぬ》れ場のよう。以来、主従関係が逆転し、品子は猫に仕える喜びを見いだし、夜更けにトイレの砂を探しに行ったりします。世話を焼き、労力を使うほど、猫の術中に……。ある時、品子の留守を見計らい、猫禁断症状にかられた庄造が猫の様子を見にきますが、リリーは目を閉じ喉をゴロゴロ鳴らすくらいのおざなりな対応。猫は現金なものでエサや住環境を提供してくれる人を優先するのです。だから人間はいつも片思い状態で、ますます猫を追い求めるのでしょう。庄造は、猫のトイレの匂いを嗅いで胸がいっぱいになります。猫の糞の匂いで感動できるとは、猫廃人の症状も末期的です。今なら品子と庄造は猫好き同士、話が合いそうです。猫を飼っている家の主人は人ではなく猫であるとこの小説で再確認。いずれ地球も猫の支配下に置かれそうですが、その方が幸せかもしれません。

『風立ちぬ』

堀辰雄

日本　1938年

心に刻みたい愛の名文

私達がずっと後になってね、
今の私達の生活を思い出すようなことがあったら、
それがどんなに美しいだろうと思っていたんだ

細くて白くて繊細なメガネ男子……今の草食系の元祖のような堀辰雄《ほりたつお》は、プラトニックで耽美《たんび》的なサナトリウム文学の先駆者的な作家です。自らも肺結核を病み、妻と一緒に高原のサナトリウムに入院して、その体験を元に『風立ちぬ』を執筆しました。当時結核は死亡率が高く、恐れられていたそうです。比較的生存率が高い高原療法を受けられるサナトリウムに入れるのは、富裕層だけだったとか。麴町《こうじまち》生まれで東大出身の堀辰雄が入院できたのも持つべきものがあったからでしょうか。彼が入ったサナトリウムは、院長が小説家で、他に竹久夢二《たけひさゆめじ》や横溝正史《よこみぞせいし》が入院していてセレブ文化人御用達だったようです。

『風立ちぬ』の主人公も小説家で、愛する妻、節子《せつこ》は肺結核にかかってしまったことで八ヶ岳《やつがたけ》のサナトリウムへの転地を考えます。家の長椅子に横たわり、弱々しい微笑を浮かべる節子が、もつれた髪を直す仕草に、センシュアル（官能的）な魅力を感じる主人公。自分よりか弱いものに愛着を感じるというのは、現代の「萌え」に近いものがあります。節子は黙り込んだ夫に「おおこりになったの？」と、不安げなリアクション。夫と妻の主従関係がはっきりしています。節子はファザコンの気もあり、父親には「あれもこの頃はだいぶ元気になって来たようだが」とあれ呼ばわりされ、夫にも「お前」と呼ばれて、男尊女卑感が漂います。女性が強くなった今の時代に読む

病身の妻を気づかってセックスレス気味…肉体的接触シーンといえば「頬ずり」くらい……
まあ、冷たいこと
スリスリ
上級者向けのマニアックなプレイに思えてきました

とかえって新鮮です。

サナトリウムに入ることになった時、夫は「僕はこうしてお前と一緒にならない前から、何処かの淋《さび》しい山の中へ、お前みたいな可哀《かわい》らしい娘と二人きりの生活をしに行くことを夢みていたことがあったのだ」と発言。妻の病気を看病するよりも、男のロマンが叶って嬉しいともとれる言葉です。小説家はエゴイストです。病室のベッドに寝付いた節子と、隣の部屋に寝泊まりする夫。夫の方はもう半分幻想の世界にトリップしていて「山だの丘だの松林だの山畑だのが、半ば鮮かな茜《あかね》色を帯びながら、半ばまだ不確かなような鼠《ねずみ》色に徐々に侵《おか》され出しているのを、うっとりとして眺めていた」と、バルコニーから景色を眺めて情景描写も絶好調。「私達がずっと後になってね、今の私達の生活を思い出すようなことがあったら、それがどんなに美しいだろうと思っていたんだ」と、妻に無神経ともとれる発言をしますが、「本当にそうかも知れないわね」と、同意する節子は本当に無邪気で性格のいい女性です。死が近いから達観していたのでしょう。しかし「いくぶん死の味のする生の幸福」とか「私達がいま私達の幸福だと思っているものは、私達がそれを信じているよりは、もっと束の間のもの、もっと気まぐれに近いようなものではないだろうか?」とか観念的なことを延々と考えている夫は、もっと妻の病気について治療法を調べるとか現実的に働いてほしいです。

ところでこの夫婦は部屋も基本的に別で、安静にしていなければならない病状もあり、セックスレス感が漂っています。主人公に唯一できるのは、妻の寝顔を見つめたり、髪に接吻したり、おでこをくっつけることくらい。「病人の枕元で、息をつめながら、彼女の眠っているのを見守っているのは、私にとっても一つの眠りに近いものだった」と、つぶさに彼女の表情を観察していてどことなく変態的。「いま彼女の息づいている静かな呼吸に自分までが一種の快感さえ覚える」と、ハアハア言う呼吸に興奮するという、妄想力たくましい夫です。夫婦関係を長続きさせるコツは、フェティッシュなプレイかもしれません。ある時は節子の寝顔を屈み込むようにして見つめていた夫。その時の節子の「どうなすったの？」という言葉は完璧でした。「何？」でもなく「どうしたの？」でもない、文学的で奥ゆかしいセリフです。「おれはお前のことを小説に書こうと思うのだよ」と夫に提案されて、彼の世界観に彼女も取り込まれていっているようです。病室でノオトを書き綴る夫。そのストーリーは、彼女の死で終わる悲劇的な結末……彼の言霊のパワーが節子を死に誘《いざな》ったような気もします。

小説家の夫は妻を自分の都合の良いように美化しがちです。ある日、散策から帰ってくると、裏の雑木林にたたずむ妻の姿が。「髪をまぶしいほど光らせながら立っている一人の背の高い若い女が遠く認められた」と、はじめて妻の背が高いことが判明しました。勝手に外に出てきたことをとがめる夫。節子はベッドに臥《ふ》せっている方が庇護《ひご》欲を刺激し、絵としても完璧です。

最後は、節子の死の場面には触れずに、三年ぶりにこの村を訪ねる主人公の姿が書かれていました。山を歩きながら妄想に耽《ふけ》り、リルケの詩を吟じたり、心の中で延々と独り言を繰り広げる夫を見て、天国の妻は、自分がいなくても大丈夫だと安心したことでしょう。小説家の男性とは一緒にいても孤独を感じてしまいそうです。彼がもっと現実的に妻と向き合い、愛したなら余命は少し延びた気がしてなりません。

『乙女の港』

川端康成

日本　1938年

心に刻みたい愛の名文

まだ分かってくれないの？　どうしても、あたしたちが、
一生一緒に暮らせるものでないってこと……。
だけどね、あたしたちさえしっかりしていれば、
心と心とは、一生でも通い合えるものだってことを……。

昭和十二年から十三年の間、最も少女に愛されていた雑誌『少女の友』に連載されていた『乙女の港』。川端康成《かわばたやすなり》の小説に中原淳一《なかはらじゅんいち》の挿し絵が添えられ、乙女たちの心の琴線を震わせまくりました。この『乙女の港』や、同時期に流行していた吉屋信子《よしやのぶこ》の本を読んで育った今八十〜九十代のおばあちゃんは、現代の女子よりずっと心がピュアな乙女だと思われます。そんな名作が、時代を超えてついに復刻。復刻版には、「少女の友」に掲載された、読者からの熱いお便りも掲載されています。「私達のもつ夢の様な現実に近い様なそんな、雰囲気のする小説ね」「川端先生の『乙女の港』って私達女学生のほんとの事書いてあるのね、面白くって好きだわ」etc.……。川端康成がなぜこんなに女学生の生態にくわしいのかと思ったら、弟子の女性（ミッションスクール出身）の原稿を下敷きにしているという説があるそうです。いずれにせよ、少女小説でもいかんなく川端康成の文才が発揮されていて、少女たちのロマンスと、鋭い情景描写のコントラストがきいている名作です。

小説の舞台は、良家の子女が集うミッション系女子校。「花選び」という章タイトルがほのめかしていますが、上級生たちが入学してきたばかりの一年生を品定めするシーンから始まります。「今度の一年生は、おチビさんが多いわね」「もう目星をつけてるの？」と、お嬢様たちは獲物を狙う肉食系女子のよう……。当時は「エス

たまに女子同士の萌えシーンが出てきて
読者の心をつかむのはさすがです
ピカッ
雷雨の中、
自転車二人乗り
椎の木の
幹に二人の
背を刻む
登場人物が全員美少女というところにおじさんの
幻想が……（実際女子校では人気度に美醜
はそんな関係ありません）

(sister の s)」という、先輩と後輩の女子同士の疑似恋愛関係がさかんだったのです(美智子《みちこ》上皇后陛下におかれましても当時好きだった先輩に書かれた手紙が残っています)。可愛い子には、エスになりたがる人が集中し、取り合いになってしまいます。眼が大きく、天然パーマの可憐な美少女、大河原三千子《おおかわらみちこ》にも、同じ日に二人のお姉様から、エス縁組の申し込みの手紙が届きました。菫《すみれ》の花の束が添付された手紙には、花についての奥ゆかしいポエムが綴られ「五年A組　木蓮《もくれん》」と署名されていました。もう一通は「あなたを『私のすみれ』とお呼びしてよろしいでしょうか」と、積極的で、「四年B組　克子《かつこ》」の名が。三千子がどうしようか迷っていたら、帰り道、校門の前に、手紙の差出し人の一人である洋子《ようこ》(筆名は木蓮)の乗っている車が停まっていて、「どちらなの?」と半ば強引に乗せられてしまいます。拉致《らち》って自分のエスにするとは、この時代の女子高生はあなどれません。三千子の方も負けておらず「あたし誰とも仲よくしたいんですの。きれいな方は、みんなお姉さまにほしい位」と貪欲発言。こうして、なし崩し的にエス関係になった洋子と三千子。次の章では、もう二人は手をつないで牧場にデートに行き、四学年も違うのにタメ口で会話していて、スピーディな展開です。

　いっぽうで、エスを拒まれた克子の方も、おとなしく引き下がりはしませんでした。夏休み、三千子が軽井沢《かるいざわ》の伯母の家に避暑に行ったら、現地で克子と遭遇。押しの強い克子に遊ぶ約束をさせられ、彼女の日焼けした健康そうな姿を見ていたら、ふらっと吸い寄せられそうな危機感を覚えた三千子。（洋子姉さま、ごめんなさい）と心で唱えながら、克子と高原デートをしてしまいます。洋子の家庭の複雑な事情をさり気なく言ってみたり、克子は好きな子をものにするためには手段を選びません。体調を崩して寝込んだ三千子を見舞い、うなされて洋子の名を呼んだのに激しい嫉妬を覚え、「三千子さんの夢の番をして差し上げますわ」と、独占欲を露わにします。その間も、静かに三千子の帰りを待っていた大人の洋子。三千子は、帰郷して洋子に会ったとたん「ああ、お姉さま！　こんなに美しい人も、この世にいるのか。あたしは、やっぱりこの人のもの」と再認識します。でも、新学期が始まっても積極的にアピールしてくる克子も拒否しきれず、二人のツーショットが校内で目撃されて噂になってしまいます。全ては魔性の少女、三千子の優柔不断さがいけないような……。

「お姉さま、怒っていらっしゃるんじゃない？　あたし、克子さんと……」と、三千子が懺悔《ざんげ》すると、「三千子さんが、私ばかりじゃなく、外の人にも好かれるのは、嬉しいのよ」と殊勝なことを言って嫉妬を見せない洋子。神様はそんな彼女の心の美しさを見ていたのかもしれません。これまでのバチが当たったのか克子は運動会で転んで怪我をして、具合が悪くなり臥せってしまいます。弱まって反省の心が芽生え、克子と洋子は仲直りして、全ては円満解決。

その後は、急に道徳の教科書のような展開に……。クリスマスに洋子は三千子を教会に連れて行き、恵まれない子どもたちの姿を見せて、喜びも悲しみも人々と分かち合うのが本当のクリスマスなのだと、博愛的なことを教えます。女子同士の関係にいやらしい劣情を抱いたことを読者は反省させられます。こうして女子校の思い出は、プラトニックのまま純度を高め、美化されていくのです。日本中の女子校出身者たちの、集合的共有記憶として……。

『老妓抄』

岡本かの子

日本 1938年

心に刻みたい愛の名文

何人男を代えてもつづまるところ、
たった一人の男を求めているに過ぎないのだね。
いまこうやって思い出して見て、この男、あの男と
部分々々に牽《ひ》かれるものの残っているところは、
その求めている男の一部一部の切れはしなのだよ。

岡本太郎《おかもとたろう》の母、かの子は生まれながらの魔性の女であったようです。『乙女の日本史　文学編』（実業之日本社）によると、かの子は「ゆるゆるした口のきき方」で、今で言うゆるふわガール的な雰囲気だったとか。不思議な磁場を周りに作り上げ、男たちに愛されました。写真を見ると、いわゆる美人タイプではないですが、切れ長の瞳が妖《あや》しい光を帯び、ちょいポチャ体型は母性を感じさせ、男性がハマるのもなんとなく納得です。

そんな彼女が四八歳の時（亡くなる一年前）に書いた、円熟期の代表作と言われる小説が『老妓抄《ろうぎしょう》』です。「女の妖しい生の呻《うめ》き、逞《たくま》しく貪婪《どんらん》な性の憂いが流れている」と、評論家の亀井勝一郎《かめいかついちろう》氏が巻末に賛辞を寄せていますが（昭和二十五年執筆）、美魔女という言葉がまだなかった時代、解説の中でかの子と主人公の老妓を重ね合わせ「異形《いぎょう》」とか「化物」呼ばわりしていて、熟女のギラギラ感に男として引き気味なようです。しかしこの小説の主人公の設定は四十代後半と思われ、それで「老妓」とか言っていたら、現代の美魔女とか四十代女子の逆鱗《げきりん》に触れそうです。かの子の謙遜も入っているのでしょうか。そんなデリケートな年齢問題もはらむ『老妓抄』を読んでみました。

キャリアが長い芸者、小そのは、貯金もでき、昼から百貨店をブラブラしたり、

若い男に腕の皮を抓らせるプレイを
楽しむ老妓
ホホホ…
皮が指から滑り抜けていく…
鰻の腹のような滑らかさだ
最も劣化しない体の箇所をアピールする
老妓のテク…見習いたいです

悠々自適な生活を送っていました。「老妓」として開き直ったのか、若い芸者相手に過去の自虐トークをして笑いを取ったりしています。畳の上に粗相をして立てなくなったというえげつない下ネタまで披露して、若い芸者たちは笑いすぎで苦しくなるほど。「若さを嫉妬して、老いが狡猾《こうかつ》な方法で巧みに責め苛《さいな》んでいるようにさえ見える」と書かれていますが、老妓は若い女たちの顔に笑いじわを刻ませようとしているかのようです。ガールズトークというのもはばかられるディープな老女トークで男女関係の話になると、老妓はいきなり格言を放ちます。

「何人男を代えてもつづまるところ、たった一人の男を求めているに過ぎないのだね。いまこうやって思い出して見て、この男、あの男と部分々々に牽《ひ》かれるものの残っているところは、その求めている男の一部一部の切れはしなのだよ」

やはり魔性の女性作家の言葉は恋愛の真髄《しんずい》を突いています。このセリフに出会った時、心の中で激しく同意してしまいました。まだ見ぬ完璧な男性を求めて、世の女性たちは不毛な恋と失恋を繰り返していくのです。

若い芸妓が、その求めている男は誰なのか聞くと、「初恋の男のようでもあり、また、この先、見つかって来る男かも知れない」と、老妓。そんな夢見る乙女心を保っている反面、老妓には老獪《ろうかい》で醒《さ》めきったところもありました。前述の評論家が、岡本かの子には「童女のようなあどけなさ」と「老女のごとき奇怪な相」があると評していましたが、彼女の分身的な小説のヒロインもそのような二面性を持っているようです。

基本的に暇をもてあましている老妓は、家に当時では珍しい電化装置を導入。「陰の電気と陽の電気が合体すると、そこにいろいろの働きを起こして来る。ふーむ、こりゃ人間の相性とそっくりだねえ」と、また老妓キャラで格言風なことをつぶやく小その。そして家に出入りするようになった電気器具商の手伝いの柚木《ゆき》という青年に目をつけます。青年には発明家となって特許を取るという夢があると聞いて、「食べる方は引受けるから、君、思う存分にやってみちゃどうだね」と住み込みで研究させてあげると申し出る老妓。家の一部を工房に改築し、機械類も購入。自ら積極的に柚木のパトロンになります。柚木の方も、若い頃さんざん男たちに貢がせた罪滅ぼしでやっているのだろう、とさして負担に感じることもなく、受け入れます。そして始まった同居、というか老妓の若い男飼育ライフ。最初の頃は柚木は幸せで、発明家風のパーマヘアでタバコをくゆらし、気分に浸ったりしていました。小そのは、四、五日ごとに訪れ、必要な物を取り寄せたり、世話を焼きます。老妓がてっきり女として柚木を狙っているのかと思ったのですが、腕をつねらせるプレイや、過去の恋愛話を語るくらいで、関係は発展せず。代わりに養女のみち子が通ってきて、柚木を意識している風です。柚木は、若い芸者に負けじと歓心を買おうとするみち子の姿に、一瞬肉感的な匂いを感じますが、とくに心を動かされませんでした。老女に飼い殺されたのか、いつの間にか覇気がなくなってしまったようです。発明も途中で挫折し、縁側で寝転んだりダラダラして過ごすうち、この家で囲われる前の貧しく忙しい日々が恋しくなってきます。

発明はともかく、みち子に対するおざなりな態度に業《ごう》を煮やした老妓は、柚木に、本当に性が合って心の底から惚《ほ》れ合うなら大賛成だと言い、「けれども、もし、お互いが切れっぱしだけの惚れ合い方で、ただ何かの拍子で出来合うということでもあるなら、そんなことは世間にはいくらもあるし、つまらない」と諌《いさ》めます。もっと一生懸命になれという老女の進言に、柚木は、彼女が出来なかったことを代わりに自分にさせようとしているのだと思い、嫌悪感を覚え、家出します。しかし度々逃げ出しても「また、お決まりの癖が出たね」と内心悔しくも平静を保つ老妓。「やっぱり若い者は元気があるね」と言う老妓は、ペットが逃げ出した位にしか思っていないのでしょう。若い男を飼って、仕事したり恋したりする姿を観察するのは、ハムスターを飼って一生懸命回し車で走っているのを見て楽しんでいるようです。恋愛を卒業した先にある、飼育愛。この境地に至れれば怖いものはありません。老後ライフの楽しみ方を提示されました。

『愛と死』

武者小路実篤

日本　1939年

心に刻みたい愛の名文

死んだものは生きている者にも大なる力を持ち得るものだが、生きているものは死んだ者に対してあまりに無力なのを残念に思う。

タイトル「愛と死」でいきなりネタバレしている通り、男女が死に別れる悲恋物語。後年発見された「愛と死」の原稿用紙はインクがにじんでいる箇所が数カ所あり、著者の涙の跡と言われています。帯に「泣きながら一気に書きました！」と入れてほしいです。

主人公の村岡《むらおか》は、小説家の先輩、野々村《ののむら》の家に遊びに行った折、妹の夏子《なつこ》（美少女）と出会います。それからしばらくして野々村の家で誕生会が開かれ、余興タイムとなり、村岡が何も芸がなくて困っていたところに、夏子が突然「私がかわりをするから許して上げなさい」と申し出て、見事な宙返りをキメ、拍手喝采《かっさい》を浴びます。それ以来、村岡は夏子のことが忘れられなくなります。これまで道ですれ違っても無視され、自分を嫌っているとばかり思っていた夏子が、お茶目な芸で助け舟を出してくれるとは……。当時妹萌えという言葉はなかったのに、武者小路《むしやのこうじ》先生はツンデレ萌えポイントをよくご存じでいらっしゃいます。

夏子の方も、実は前から村岡の小説のファンで、二人がいい仲になるのに時間はかかりませんでした。村岡は夏子目当てで野々村の家を頻繁に訪ねるようになり、二人は会って話をするうちに親密になります。ハガキ（当時の通信手段）で連絡を取り合い、デートする日々。恋愛がすぐに成就する小説はその後不吉なことが起こりがち

昭和初期のデートはとにかく散歩！
月のいい晩、海岸で……
私、今日のことは忘れませんわ
家の周辺をグルグル歩き回る
外歩きで体が鍛えられ骨密度も上がりそうです
クルッ
ただでさえ宙がえりができるほど、身体には自信があった夏子なのに流行性感冒であっけなく死亡……
この小説からは「健康を過信するな」という教訓も伝わってきます

で、読者としては油断できません。幸せの絶頂にあったところ、突然村岡にパリ行きの話が持ち上がります。文学者としての野心から、半年間だけパリに行くことを決意した村岡。結婚の約束を交わし、ふたりは遠距離恋愛になってしまいます。出立する前のデートでは、接吻まではしても、それ以上は夏子は許そうとせず「帰っていらしってから」とたぎる村岡を押しとどめます。この寸止め生殺しテクが、彼の恋心をますます燃え上がらせることに……。「本当に僕は世界一の幸福者だとこの頃思っています」「世界で二番目でしょう」「それなら一番は誰です」「おわかりにならない、随《ずい》分《ぶん》頭の悪い方ね」とか、読んでいて赤面せずにはいられないラブラブな会話が繰り広げられます。

渡航の途中から、二人は激しく手紙をやりとりして、気持ちを高め合います。「私はお琴《こと》の稽古《けいこ》を始めようかと思っています。あなたは私の琴をお好きなようですから、お帰りまでにうまくなって、驚かして上げたいと思っています。それから料理もいよいよならうことにしました」と、けなげに未来の夫の帰りを待つ夏子。村岡もすっかり亭主気分でそれまで「あなた」と夏子を呼んでいたのが「お前が良妻になってくれるのは嬉しいが、しかし快活な女にますますなってほしい」と、お前呼ばわりで偉そうです。パリ旅行で見聞を広めて男として自信もついたのでしょう。いつのまにか二人の立場は逆転して、夏子は村岡の手紙を待ち望んで毎日何回も郵便受けを見に行き、手紙でも「兄が居なくなると出て又郵便函を見にゆくのです。郵便函にも一寸気まりがわるい位です」と、そのことを隠そうとしません。メールの返事をわざと遅らせ恋愛の駆け引きをしている現代の女子にも見習ってほしいです。自分の気持ちを素直に出すのが一番だと……。

村岡の方が恋愛において優勢だったのが、また最後に逆転してしまいます。村岡の帰国二週間前に夏子が流行性感冒で急死するという、突然のできごとで……。もう夏子は手紙や電報を何通出しても返事が来ない雲の上の存在になってしまいました。恋愛で相手を半永久的に惚れさせる最終手段はやはり「死」かもしれません……。

『智恵子抄』

高村光太郎

日本　1941年

心に刻みたい愛の名文

をんなは多淫《たいん》
われも多淫
飽かずわれらは
愛慾に光る

究極の純愛ストーリーとして後世に語り継がれる、高村光太郎《たかむらこうたろう》と智恵子《ちえこ》の物語。教科書にも載っていた「レモン哀歌」は思春期の女子に、純愛への憧れを植え付けたように思います。「わたしの手からとつた一つのレモンを　あなたのきれいな歯がかりりと噛《か》んだ　トパアズいろの香気《こうき》が立つ」という、美しすぎる臨終シーンを読み、こんな風に将来の夫に看取られたいと妄想したものです。あとは「東京に空が無い」という断片的なセリフが心に残っていたのですが、改めて、詩と随筆を集めた『校本智恵子抄』を読んでみました。

東京美術学校を出て、アメリカやロンドン、パリで学び、将来を有望視されていた芸術家、高村光太郎。パリでは女や酒を覚え、帰国してからも遊びまくり、退廃的な生活に明け暮れていました。しかしある時、洋画家の長沼《ながぬま》智恵子に出会い、純真無垢な姿にハッとして恋が芽生えます。「昨日までのやけ酒や、遊びがまるで色あせてしまひ、ただこの女性の清新な息吹に触れることだけが喜となつた」。光太郎と出会った時の智恵子の写真を見ると、多部未華子《たべみかこ》に似ていて純朴そうです。しかし知り合ってみると、優雅ではかなげなルックスに似合わず気が強くアグレッシブな一面がありました。結婚前、光太郎が写生のため犬吠《いぬぼう》に旅行すると、宿にまで訪ねてきたり……。あまりにも一途《いちず》な姿に、二人が心中でもするのではと宿の女中が疑い、監視し

高村光太郎の記憶に残る智恵子の
哀しく美しい姿
砂浜で千鳥と遊ぶ
死の床でレモンを食べる
東京に空が無い…
イノセント発言
香気
詩人と結婚すると女性は果てしなく
美化されるメリットが…

てきたそうですが、同性ならわかる普通とは違う電波を察していたのかもしれません。作為的なのか無作為なのかわかりませんが、智恵子は入浴中の裸体を光太郎にチラ見せし、彼の熱情を駆り立てます。そして度々婚前旅行に出かけると、高村光太郎は有名人だったため新聞にゴシップを書かれ、親を心配させたりしますが、周囲に反対される程燃え上がる二人の恋。アート系の女性ではなく、おとなしい良家の娘を迎えてほしいという親の反対を押し切り、ついに結婚。しかし芸術家として生活の保障がない上、裕福だった智恵子の実家も破産し、二人は貧乏生活に突入。光太郎と結婚してから、実家が火事になり、父が亡くなり、没落し、もしかしたら高村光太郎はサゲ系だったのかもしれません。さらに智恵子自身も、婚前は健康だったのに、肋膜《ろくまく》炎が重症化、盲腸になり、心労が重なって精神に変調をきたし、統合失調症を発症してしまいます。油絵制作も断念し、服毒して自殺未遂を起こしたり、目が離せない状態に……。

しかし救いは、どんな困難に見舞われても智恵子のルックスが劣化しないことでした。「精神の若さと共に相貌の若さも著しかつた。彼女と一緒に旅行する度に、ゆくさきざきで人は彼女を私の妹と思つたり、娘とさへ思つたりした」。女性は悩みや苦しみなどネガティブな思考のくせが顔に表れて老けるように思いますが、意識が別次元に行ってしまった智恵子は、日常の悩みから解き放たれ、加齢がストップ。そして無邪気な言動で芸術家の光太郎にインスピレーションを与えます。「狂つた智恵子は口をきかない　ただ尾長や千鳥と相図する」と、鳥たちと浜で戯《たわむ》れる姿を書いた「風にのる智恵子」、さらに「ちい、ちい、ちい」と千鳥と会話する「もう天然の向うへ行ってしまった智恵子」を書いた「千鳥と遊ぶ智恵子」などの哀しく美しい詩を発表。「天然系女子」「不思議ちゃん」の元祖は智恵子なのかもしれません。といっても後世の人が到達できない次元に達していますが……。童女のように慟哭《どうこく》し、「わたしもうぢき駄目になる」と光太郎にすがる姿、そして「この妻をとりもどすべが今は世に無い」という光太郎の言葉が胸に迫ります。

光太郎は智恵子を神格化して、腫《は》れ物に触るような夫婦生活だと思いきや、詩を読むと実はちゃんとやることはいたしていたようです。「晩餐《ばんさん》」という詩には「われらの食後の倦怠《けんたい》は　不思議な肉慾をめざましめて　豪雨の中に燃えあがる」と、夫婦生活がかいま見られる表現が、「淫心」という詩にも「をんなは多淫《たいん》　われも多淫　飽かずわれらは　愛慾に光る」「われらますます多淫　地熱のごとし　烈烈――」と、かなり激しい感じです。童女返りしている智恵子には、ロリータ的な魅力があったのでしょう。発病し、妻らしいこともできなかった智恵子ですが、夫はおかげで創作の発想を得られ、後世に名を残すことができたので、智恵子はミューズとして立派につとめを果たしました。しかしいっぽうで、光太郎のサゲパワーで悲劇的な人生になってしまったようにも思え、他の男性と結婚したらもっと平穏な日々を送れたかもしれません。時を超えて、夫を見極める重要性を教えてくれる作品です。

『太陽の季節』石原慎太郎

日本 1955年

——何故貴方は、
もっと素直に愛することが出来ないの

「パンダなんてちっともかわいいと思わない」などのクールな発言が多く、常に無敵さを漂わせる石原慎太郎《いしはらしんたろう》元都知事の、強気の根源と思われる作品が『太陽の季節』です。一橋《ひとつばし》大学在学中に二晩で書かれたこの作品は芥川賞を受賞し、海辺でやりたい放題の「太陽族」と呼ばれる若者が出現するほどブームになりました。石原裕次郎《ゆうじろう》から聞いた実話が元になっているそうで、当時の恋愛観や流行がリアルに描かれています。新潮文庫に収められている「ヨットと少年」「黒い水」そして表題作「太陽の季節」にも、ヨットが重要なアイテムとして出てきます。その頃ヨットを持っている男性がモテたらしいですが、以前、逗子《ずし》マリーナに行ったらヨット置き場は閑散としていて、太陽族の生き残りみたいな日焼けしたおじさんがちらほらいるくらいでした。車離れやバイク離れより随分前にヨット離れは起きていたようです。維持費も無駄に高そうです。「ヨットと少年」には、「港《ハーバー》」「帆《セール》」「舵輪《ラット》」「舷側燈《デッキライト》」と、ヨット用語に横文字ルビがふられ、最新流行感を醸し出しているのが、今読むと哀愁が漂っています。栄枯盛衰、どんな文化もいつかは必ず盛り下がります。ブーム当時の「太陽族」はどれだけリア充で陽キャだったのか、『太陽の季節』を読んでみたら、想像を超える傍若無人ぶりでした。

主人公、津川竜哉《つがわたつや》は拳闘（ボクシング）にハマっているちょいワル高校生。ある

「太陽の季節」で有名な障子破りシーン
小説の中では本を投げて当たったことになって
いますが実際やったらかなり痛そうです
英子さん
下手したら折れて使いものにならなくなる危険も…
（後の展開を考えるとその方が良かったかもしれません）

日、横浜のジムでの試合のあと、「津川さん江、頑張って下さい」とメッセージが添えられた花束が届けられます。その時の友人たちの「ありゃあ、お安くねえな。誰だいこりゃ」「たのんまっせ」というセリフに時代を感じます。この小説には、当時の流行語や若者言葉が収められていて資料的価値が高いです。五十年後も読まれている宿命でしょうか、今や死語となった当時の若者言葉が醸し出す若干の寒さが、小説に入り込みすぎないように、適度な距離感を保つのに役立っています。感情移入してしまうと、あまりに殺伐とした太陽族の恋愛に精気を吸い取られてしまいそうです。

竜哉が花束の送り主、英子《えいこ》と出会ったのは、男友だちと銀ブラをしている時でした。並木《なみき》通りで派手な女子グループを見つけて「先《ま》ず顔を良く見て、面《ラッ》がハクけりゃ」と、品定めしたところ三人ともそこそこ美人だったので声をかけて一緒にナイトクラブへ。そこで英子と親しくなり、たまに会うようになります。しかし「この猥雑《わいざつ》な都会の中で、恋などと言うものは考えも及ばぬこと」だったという竜哉。最近、恋愛離れなどと言われていますが、いつの時代も都会の若者は恋愛感情に素直になれないものなのかもしれません。ゲーム感覚で女遊びや喧嘩《けんか》やギャンブルに耽《ふけ》っていた一九五〇年代の刹那的な私立男子高生たち。彼らにとって女は連れ歩く装身具のようなもの。「新しい女を抱く度に退屈を感じる」というスレた竜哉でしたが、英子にはこれまでの女と違った感覚を抱いていました。逗子の竜哉の家を訪れた英子と、離れに一緒に泊まることになるのですが、この夜、有名な「陰茎で障子破り」のシーンが。英子は思わず、障子から突き出したモノに向かって本を投げ付けるのですが、「その瞬間、竜哉は体中から引き締まるような快感を感じた。彼は今、リングで感じるあのギラギラした、抵抗される人間の喜びを味わったのだ」と、彼は燃え上がり、「好きだ」と初めて女性に告白。そして性行為に及ぶのですが、実は男性経験が多い英子はテクニシャンで「奪い尽くせずして奪われたまま彼は終ったのだ」と、竜哉は完敗。「敗れた自分を覚《さと》った時彼を襲ったのは、試合で遭遇した強敵に対しもう一度ぶつかり直して行こうと言う、いわば復讐《ふくしゅう》への喜びと感動であった」と、男のプライドが刺激され、せっかくの恋愛ムードが変な方向へ……。

竜哉の「復讐」とは、英子に冷たくしたり、他の女性と一緒のところを見せつけて嫉妬で悶々とさせることでした。現に、ヨットの上で愛し合ったロマンチックな逢瀬のあと、恋心を募らせる英子が竜哉はうとましくなっていました。男女でグループデートに出かけた時に、兄道久《みちひさ》に英子を五千円（今に換算すると十万円位）で売り飛ばします。後にそのことを知った英子は目に涙を浮かべ、自分が道久に五千円を払って権利を無効にするとけなげな提案。お金を払わされた挙げ句、竜哉の子を妊娠していたことが発覚した英子。最初は産むつもりでしたが、ギリギリになって堕胎しろと言われて、中絶手術をしたら腹膜炎を併発してあっけなく亡くなってしまいます。救いのない展開に、胸が詰まります。葬式の日、写真の英子が挑むような表情に見えて、逆ギレした竜哉は「馬鹿野郎っ！」と叫び、香炉を摑んで写真に投げ付け、終了。大事な部分に本をぶつけられた仕返しにしてはあまりに残酷です。昔は女性が主導権を握ったり男性のプライドを傷つけたら大変なことに……。陰茎が障子から出てきたら、攻撃したり無視したりするのではなく、（固さなど）ホメまくれば良かったのでしょうか。

『夏の終り』

瀬戸内寂聴

日本　１９６３年

心に刻みたい愛の名文

それじゃ、ぼくのことは何だ、浮気か

……憐《れん》憫《びん》よ

瀬戸内寂聴《せとうちじゃくちょう》先生の名作で、二〇一三年に満島《みつしま》ひかり主演で映画化もされた『夏の終り』。一九六三年に発行された自伝的小説で、年上の妻子持ちの男性と年下男性との間で揺れ動く気持ちを綴っています。以前ご本人にインタビューした時は、ソ連に旅して船で帰ってきたとき、実際に二人の男性が迎えにきていて、しかも仲良くなっていたエピソードなど語ってくださいました。ちなみに瀬戸内先生は面食いで、実際の彼氏たちもいい男だったそうです。「三途《さんず》の川を渡ったら、向こう岸に男たちがずらっと並んで待っていてくれると思いますよ」と人間離れした発言をされた瀬戸内先生。今も色香漂う魅力的な大人の女性でした。そして前日も夜中までワインや肉を堪能していたという体力にも感銘を受けました。

『夏の終り』の主人公、知子《ともこ》は染色の仕事をしています。性格は無鉄砲で衝動的、生命力にあふれています。経済的に自立もしている三十代女性。あふれるエネルギーと行き場のない母性を向ける対象は、今で言うダメンズでした。「生命力の萎《な》えた、人間の分量が足りないように見える男に出逢うと、無意識のうちに、その男の昏《くら》い空洞を充《み》たそうと、知子の活力はそこへむかってなだれこみたがる」。よって、知子の恋愛対象になるのは「萎えたような運命に無気力に漂っている敗残者とか脱落者」でした。この自伝的な小説が出た時は、その相手の男性たちも全然生きていたと思います

不倫相手の家を突然訪ねた知子
壁にかかった妻のワンピースの存在に
怯え気味に……
妻のエネルギー
ここ、居辛い
出ましょう。
奥さんは、猫よけのペットボトル
のように、泥棒猫対策で服を
目立つ所にかけたのかもしれません

が、敗残者呼ばわりされて大丈夫だったのでしょうか。むしろ何を言われても何の感情も起きないほど無気力状態だったのかもしれません。

生命力にみなぎる知子の恋人は、何十年小説を書いても全く売れない慎吾《しんご》と、三流広告代理店の社員、涼太《りょうた》でした。今なら売れないバンドマンとかYouTuberにいってしまいそうです。もともと知子は、佐山《さやま》という男性と結婚していましたが、彼の教え子だった六歳年下の涼太に惹かれ、まだ「接吻《せっぷん》も交わしていない」のに、夫のもとを飛び出します。心で愛してしまったらもう浮気……当時は今より妻の貞操観念が固かったのでしょう。しかし涼太とも結局半年で別れ、十歳年上の慎吾と懇《ねんご》ろになります。慎吾は妻子のいる海辺の一軒家から、知子のもとに通ってきて、気付いたらそんな生活は八年になっていました。そして慎吾の妻にも半ば公認の仲に。しかし正月は慎吾が妻の元に帰ってしまう淋しさから、知子はかつての恋人涼太を呼び、また関係がはじまってしまいます。電話で年賀の挨拶をする涼太を誘うセリフがアグレッシブでした。「これからいらっしゃらない?」「あたし病気なの、今も寝ているの」「だから、来て下さい、お見舞いに」と相手が口ごもっている間に、畳み掛けるように有無を言わせない感じで家に呼びつけます。呼んだら呼んだで、生命力が希薄な涼太に苛立つのですが……。性行為の時「涼太は知子の生命を吸い尽くそうとでもするように、貪婪《どんらん》に」知子をむさぼり、精気を得て若返ります。知子にとって涼太と関係を持つことは慈善的な行為で、たいして罪深いものではないという感覚だったのかもしれません。そもそも恋愛感情だったのかもわからないです。例えば、知子は涼太の存在を知っている慎吾に、涼太と会った話をするのですが、その後、食事中に急に泣き出します。その理由が「涼太が、どんな御飯のたべ方してるかと思って」で、涼太がわびしい食堂の片隅で貧しい食事をとっている姿を妄想し、泣けてきたというのです。知子はたまに涼太のみじめな姿を思い描き、泣くことでデトックスしています。「安酒場で酒を呑《の》んでいる涼太、深夜の町をただやみくもにタクシーでかけまわっている涼太」「ふとんも敷かず、丸太ん棒のようにころがっている涼太、深夜の洗面台のすみでぼそぼそ靴下を洗っている涼太」……ありとあらゆるパターンで勝手に妄想。かわいそうという気持ちが同情愛につながっていくのでしょう。涼太が、慎吾とのズブズブの関係を咎《とが》めて「ぼくのことは何だ、浮気か」と問いつめた時、知子ははっきりと「憐憫《れんびん》よ」と言ってしまいます。さすがにブチ切れた涼太は荒々しく知子を襲います。はじめて見せる涼太の荒々しい姿が、二人の関係の燃料となったのでしょう。

知子の方も、慎吾との不倫ではみじめな思いを味わっていました。日常の雑事を綴った妻の手紙を見つけたり、奥さんからの電話を取って会話してしまったり（そして二人の間に不穏な笑いが……）、慎吾の家を突然「来ちゃった」と訪問したら妻のワンピースから残留思念を感じ、いたたまれなくなったり……。自分がみじめだからこそ、涼太の悲惨な境遇を想像することで、慰めを得ていたのでしょう。

いっぽうで付き合いが長い慎吾とは、性欲が薄れセックスレス状態に。慎吾といる時はリラックスしてトイレに行く時も「おしっこ」と言ったり、御飯をよそってもらったり、ハンドバッグの中を整理してもらったり、何くれと世話を焼かせます。ある時は「ねえ、あたし今月、いつ？」と自分の生理日を確認したりしてスケジュール帳として使っています。そんな慎吾への思いも果たして恋愛なのでしょうか……。涼太のみじめさを妄想するのと同様に、慎吾に対しては勝手に死ぬことを心配している知子。慎吾の妻から夫が死んだと報告の電話を受ける夢を見たり、「売れない小説を書きつづけ五十歳まで芽も出ない慎吾には、死にたくなる原因がいくつでも取りまいていた」とわりと失礼なことを考えたり、いつ死ぬかと思いながら八年間過ごしてきました。ソ連旅行から帰った時、慎吾が普通に生きて出迎えてくれた姿を見て、安堵《あんど》と感謝で涙があふれてきたほど、常に死を案じていました。妻の家と自分の家、どちらかで死んだ時の通夜や葬式についても想定していたほどです。

そんな不遇の慎吾に、涼太と肉体関係があることを告白し、さらにダメージを与えた知子。「ごめんなさい」と震える知子に「あやまるのは、こっちだ」と大人の対応をする慎吾。すると知子は「こんなことでは、何も仕事が出来やしない。この夏、あたし何もしなかった。秋の展覧会のも、木の実会の出品展のも、何の準備もできていないの。厭《いや》なのよそんなの、だめになってしまう」と「まるで仕事の出来ないことが、二人の男の責任のような云い方」で逆ギレしだしたのです。つくづく、結婚に向いていない女性です。というか家庭の枠におさまりません。女性がひとりで仕事で成功するためには、自分より弱くて優越感を抱ける男性をはべらせ、心身をサポートしてもらうのが良い、とこの小説に教えられたようです。

『肉体の学校』

三島由紀夫

日本　1964年

……あなたって、本当に怪物ね

今でこそ年の差カップルは世間に受け入れられていますが、六〇年代に三十九歳の女性と二十一歳の男性の恋愛を描いた作品があったとは……三島由紀夫《みしまゆきお》の感性は時代を超越しています。当時『マドモアゼル』という既婚女性向けの雑誌に連載されていたので、マダムに夢を与えるという使命感があったのでしょう。しかもヒロインは旧華族のお嬢様で職業はオートクチュールのデザイナー、同じ年代の上流階級の女友達二人と、度々集まって女子会で恋愛トークをするという、まるで『Sex and the City』と『GOSSIP GIRL』を掛け合わせたような設定。三島由紀夫の予知能力に驚嘆せずにはいられない、文体も天才的な名作です。以前、日本文学の教授に伺ったところ、三島由紀夫は緻密に計算した文体と大衆文学向けのラフな文体を使いわけていたそうで、この小説は気合いが入っている方かもしれません。

ヒロインの妙子《たえこ》は、旧華族の家に生まれ、元男爵夫人というセレブ。離婚後は自由な恋愛を楽しみながら、デザイナーとして自立して生きている素敵な美女です。定期的に親友の鈴子《すずこ》と信子《のぶこ》と会い、セックスライフの近況報告。その流れで、素敵なバーテンがいるというゲイ・バア『ヒアシンス』に行った三人。そこでカウンターの奥にいる青年、千吉《せんきち》に目を奪われた妙子。「凛々《りり》しい眉といい、男らしい顔の造作といい、ちょっとどこにも見られないような美男であった」とのことで、野性的なダルビ

ドレスアップした年上の妙子と若い千吉の
初デート
待ったかい
カラン
カラン
下駄とは！
事もあろうに
下駄とは！
しかし千吉は擦リ切れたGパンに下駄で登場。
妙子の幻滅ぶりがすごいですが、現代だと
デートにクロックスで来たようなものでしょうか…

ッシュみたいな男性を想像します。

妙子は『ヒアシンス』に何度か通い、デートに持ち込もうとしますが、年齢的にまだ厚かましいおばちゃんになれず、向こうから誘って欲しくてもアピールできません。馴染みのゲイ・ボオイ照子《てるこ》は、彼は五千円で思い通りになる、とそそのかします。妙子は、千吉は女嫌いなのか、それとも上流社会風の女に階級的反感を抱いているのか、もしくは妙子に惚《ほ》れているから恥ずかしくて声をかけられないのかも、と希望的観測を交えて妄想を繰り広げます。この恋愛は最初から千吉が優位なムードです。やはり今も昔も年の差カップルは年上女性の方が気後れから下手に出てしまう切ない現実が……ルミ子や貴理子《きりこ》の顔が脳裏をよぎります。ある日、妙子がさり気なく「晩御飯でも一緒にどう?」と誘うと、千吉は「ええ、……でも、俺、肩の張るところは御免だな。こっちのペースに乗ってくれれば、喜んで附合うけど」と、急にタメ口になって高圧的です。しかも初デートの喫茶店に、妙子はエレガントなファッションで行ったのに千吉は擦り切れたGパンに下駄で遅れて登場し「待ったかい?」と言い放ちます。妙子は内心憤っていたのですが年齢や身分を考えて「今来たばかり。私もおくれたの」と「高所から投げかける微笑」で答えます。恋愛なのに試合みたいな緊張感が漂っています。飲みに行くと、今まで六十のじじいとも、六十のばばあとも寝たと露悪的に告白し、一条《すじ》の涙を流した千吉。妙子は、その涙を指先ですくい取り、自分の唇に当ててほのかな塩辛さを味わうという、衝動的な行為に出ます。すると千吉は急に起き上がり、妙子を睨《にら》むと接吻。「どんな男の唇にもなかったあの暗い、心をひき込むような味わい」に虜になった妙子は、下駄の件も忘れて彼にハマりそうな気配です。千吉は、自分の弱味を見られてしまった反動で、相手の心を征服したくなったのでしょうか。

客を手玉に取ってきた魔性の青年千吉は、やり手でした。次に会った時はイギリス製のスーツを一分の隙もなく着こなしていたのです。「あなたって、本当に怪物ね」と嘆声を上げる妙子。恋心が盛り上がるにつれ、妙子は千吉を手放しで賞賛するようになっていきます。「何でも知っていて、しらん顔をしているのね、悪党」「こんな二十一ってないわ。怪物だわ」と、手に負えない「悪党」「怪物」呼ばわりして、人智を超えた存在に祭りあげます（男性のほめワードとして心にメモしたいです）。そして女の妄想はエスカレート。「妙子は男の熱い頰《ほお》が触れては離れ、離れては触れるのを、……何だか明るい酔いの中で、二人が夏草のしげみに寝ころんで、千吉が草を抜いて、その穂先で妙子の頰をちらちらとくすぐっているように感じた」と、一緒に踊りながら脳内トリップ。ついに性交渉に持ち込んでも、『この人は汚れている！　この人は汚れている！』と呪文のように心にくりかえすことで平静を保とうとしていたのですが、「ある曲り角まで来たときに、それは突然、比較を絶したものになった」と、絶頂に至りました。

妙子が千吉を手放せなくなったのは、アンチエイジング効果を実感したからかもしれません。性交渉後、鏡をのぞいて肌の美しさに驚いた妙子。十八歳に戻ったかのように、寝不足なのに目はいきいき、目の下の弛《たる》みも消え失せました。妙子は千吉への執着心を強めていき、『ヒアシンス』に行って彼がいないと、いそうな新宿のパチンコ屋までタクシーを走らせます。心の中で千吉の名を呼び続け「私は何てバカだろう！　何てバカだろう！」と思いながらも、恋に溺れる快感に酔いしれる妙子。パチンコ屋の奥に千吉の姿を発見すると「シャツの黒い衿に、軽い春の雪のように、ほのかな雲脂《ふけ》がかかっているのを見ることができた」と、フケを見ても幻滅どころかきれいな春の雪に見えるアバタもエクボぶりです。

ひとり盛り上がって快感に浸る妙子にとって、千吉との恋愛はけだるい日常に刺激を与えてくれる麻薬みたいなものだったのでしょう。ついに『ヒアシンス』から身請けして家に住まわせ、浮気はＯＫと好条件を提示します。妙子の不慣れな手料理を食べて「旨い！」と叫ぶ千吉は、実は家庭に憧れを抱いていたのですが、独身の快適さに慣れきった妙子は、どこか引いた態度です。妙子にとって千吉は将来の伴侶ではなく、あくまで愛人でした。二人の価値観の違いが徐々に明らかに……。ある時妙子は千吉に甥のふりをさせて、セレブの社交界のパーティに連れて行きますが、そこで社長夫人の令嬢、聡子《さとこ》と出会い、若い二人が水面下で発展してしまうという事態に。でも、妙子にはゲイ・ボオイから譲り受けた切り札がありました。千吉と男が絡み合う写真です。聡子との逆玉婚を目論《もくろ》む千吉にその写真をチラ付かせると、土下座して写真を渡してほしいと懇願。その時彼は、「金持のきちんとした暮らしにあこがれてきた」「決して熱くならずクールな気持ちで世渡りしてきた」などと、本音を吐露します。ミステリアスな魅力は萎《しぼ》み、その青二才の哲学に妙子の恋心は消滅。「みじめな正直さ」「甘ったれた人生観」「美点が台無し」と心の中で罵倒しまくり、冷たい眼で四十五点の落第点を付けます。彼との恋愛は全て自分の心が作った幻だったと悟った妙子。写真を焼いて、彼を追い出し、恋の勝負は、妙子の逆転勝利で終わりました。潔い恋愛の終幕に、胸がすくカタルシスを感じます。最後、親友と遊園地の乗り物に乗って、急勾配を落下してもひとり余裕の妙子。恋愛はちょっとしたアトラクションという、大人の女の心構えを学べる小説です。

『隣りの女』

向田邦子

日本 1981年

心に刻みたい愛の名文

のぼるより、もどるほうが
勇気がいると言われたよ

向田邦子《むこうだくにこ》は都会的で洗練されたイメージがあります。青山《あおやま》の高層マンションで一人暮らしして、テレビドラマの脚本を執筆。モノトーンのファッションでクールに決めて、難易度が高い帽子もかぶりこなしています。飛行機事故で五十一歳の若さで亡くなった後、出版されたビジュアル本『向田邦子ふたたび』（文春文庫）には、親交があった人々がメッセージを寄せています。『まさしく、見とれてしまう女性』（野坂昭如《のさかあきゆき》）、『〝聡明な女〟のチャンピオン』（桐島洋子《きりしまようこ》）、『向田邦子は突然あらわれてほとんど名人』（山本夏彦《やまもとなつひこ》）と、才色兼備ぶりが讃えられていました。

きっと小説に登場する人もドラマに出てくるようなおしゃれな男女だと予想し、本を手に取ってみました。すると、意外と庶民的で人間味あふれ、それどころかエグい描写もあって驚きました。例えば短編集『隣りの女』に収録された「胡桃《くるみ》の部屋」。気になる男性社員と結婚が決まった同僚リエ（二十九）の披露宴の手伝いをしていた主人公の桃子《ももこ》（三十）の言動にハラハラしました。まつ毛カールの道具を忘れたというリエに、持っていたビューラーを貸してあげた桃子。しかしそのビューラーはゴムが古くなって酸化していて、リエのまつ毛を巻き込んだ時くっついて全部抜けてしまったのです。結婚式の朝、何の呪いかまつ毛がなくなった花嫁……ホラーの域に達していきます。場面変わって、桃子が母親に、出ていった父が他の女性と暮らしているこ

隣の部屋の性行為の音を、壁に耳を
つけて盗み聞きする人妻サチ子
ハァ
ハァ…
ギシ ギシ
くすぐったいって言ってるでしょ
間接的な3Pでエクスタシーへ…
人としてかなりまずい趣味も向田邦子の
クールな文体で人間の尊厳が保たれます

とを告げたら、台所で母がえずき、口許からヨダレの糸を垂らしてにらんでくる……これもゾクッとする場面です。生理的にギリギリ許容範囲なところを突いてきます。それもクールな文体だったのが、突如女の業《ごう》によって筆が走り出すところがあって、目が離せません。

生前の写真を見ると、業など感じさせない楚々《そそ》とした雰囲気の向田邦子。しかし『向田邦子の恋文』（新潮文庫）を読むと、実は妻帯者のカメラマンとの秘められた恋に身をやつし、しかもその男性は長く臥せって最終的には自殺するという修羅場をくぐってきたのでした。彼女の「恋文」には、ラブラブな恋愛ムードはなく、日常のできごとを淡々と報告しながらも、相手を思いやる言葉にあふれていました。「そちら、お具合はいかが？」「手足を冷さないように」「みかん大いにたべるべし」「ムリして、電話なんかかけに出ないように。手袋を忘れないように」と、母親のように気遣っています。生き馬の目を抜く大都市で一人暮らししながらも、心のどこかでは家庭を痛切に求めていたのかもしれません。「後家の口がないかしら」が口癖だったとも伝えられています。彼女の小説の舞台は平凡な家庭が多いのも、そんな憧れからなのでしょう。

表題作「隣りの女」も、所帯染みたシーンから始まります。化粧っけのない二十八歳の人妻、サチ子は、2DKの大泉学園《おおいずみがくえん》のつましいアパートに夫の集太郎《しゅうたろう》と二人暮らし。今日も生活のために内職でミシンをカタカタカタと掛けています。幸福でも不幸でもない、平凡な日々。「食事の用意と掃除洗濯と内職で毎日が過ぎてゆくんだな」と実感し、時々溜息をつくサチ子。でも彼女には、人には言えない趣味がありました。それは隣の部屋の物音、正確にはあえぎ声とか性行為の音を盗み聞きすることです。三カ月前から隣に引っ越してきたスナックのママ、峰子《みねこ》が連日のように男を連れ込み、安普請《やすぶしん》のアパートなので音が筒抜けです。

「二人の荒い息づかいが喘《あえ》ぎになり、やがて壁はかすかに揺れはじめた」サチ子は体をねじ曲げ、壁にはりついている自分の姿が鏡に映っているのを見て、あわててはね起きます。向田邦子は、専業主婦に何か恨みでもあるかのように、みっともなさ、しみったれ感をあぶり出します。魚屋で品物を厳しく見比べ、特売のトイレットペーパーを山のように買い込む所帯染みた姿……。対照的に隣の峰子は色っぽく、あまり生活感も感じさせない派手な女性。家に連れ込んでいるのはノブちゃんと呼ばれる現場監督風の男性と、もう一人落ち着いた深い声の男性。サチ子は、その男性が「上野《うえの》。尾久《おぐ》。赤羽《あかばね》。浦和《うらわ》。大宮《おおみや》。宮原《みやはら》。……」と、上越線《じょうえつせん》の鈍行で谷川《たにがわ》岳に向かう時の駅名を、まるで詩を読むように響きのよい声で言う声に聞き惚れます。「山はみんな綺麗だよ。どんな山だって、遠くから見るとみんな同じに見えるけど、丁寧に一歩一歩登ってゆくと、違うんだ、なだらかな裾野があって」という男の声は、山を女性になぞらえています。この時サチ子の無意識下に「どんな山だって」という言葉が刷り込まれ、好意が芽生えたのでしょう。声を聞きながら自然と自分の体を愛撫《あいぶ》してゆきます。

ある時、峰子がスナックの鍵を忘れたとのことで、届けてくれるように管理人に使い走りを頼まれるサチ子。アウェイなスナックの空間に入って、サチ子は気持ちがうわずってしまい、峰子に去年パリに旅行する直前に盲腸になって行けなくなったとか、傷口の大きさとかをベラベラ喋ります。そして店内に、先日の山好き男性と同じ声の男性を発見し、息苦しくなって外に出ます。

翌日、息苦しい日常に突然事件が発生します。峰子と現場監督風のノブちゃんの心中未遂……。ガスが充満している部屋にガラスを割って飛び込み、二人を助け出したサチ子。その後、ハイテンションでTVのインタビューに答えます。それもおぼろげな文学の知識を披露したり、内職でボタンを付けているのに自分の服のボタンがブラブラとか、夫は平凡なサラリーマンとか聞かれてもいないことを喋り、TVを観ていた夫も激怒。けがのことを聞いてくれない夫に対し、どこか冷めきった気持ちのサチ子。火事場のテンションの勢いで、スナックで見かけた男性、麻田《あさだ》の仕事場を訪ねます。流れで一緒に飲んだあと、彼に口にポップコーンを押し込まれるうちに距離が縮まり、二人はラブホへ……。近々ニューヨークに行くという麻田に「一緒にゆこうか」と唐突に誘われ、財布の中身が少ないのを不憫《ふびん》に思われ三万円を勝手に入れられ、一気に不倫、主婦売春と経験値アップ。衝動的に「谷川岳にのぼってきます」と書き置きして、ニューヨークに逃避行してしまいます。

　これまで地味で平凡な主婦だったのに、一度理性のたがが外れると、もう止められません。これまで抑圧されていたぶん反動も大きいのです。大変なことをしちゃったとすすり泣くサチ子を麻田は抱きしめ、めくるめく陶酔の世界へ……。どんな女性にも、悪女の素質が備わっているのです。サチ子はたぶん麻田に本気で恋していたのではなく、非日常に連れて行ってくれる都合の良い存在として利用したのでしょう。帰国し、何事もなかったかのように集太郎と夫婦生活を続けるサチ子。女性はタフです。とくに人妻は独特のフェロモンがあり、時々大胆な行動に走るけれど、戻るところがあって手堅くて結局羨ましい、と著者の積年の思いがほとばしる小説です。

『ジョゼと虎と魚たち』

田辺聖子

日本　1984年

一ばん怖いものを見たかったんや。
好きな男の人が出来たときに。
怖うてもすがれるから。

『ジョゼと虎と魚たち』は、芥川賞作家・田辺聖子《たなべせいこ》先生の短編集。女性の魔性を感じさせる色香漂う作品が多い印象です。角川文庫にはなんと山田詠美《やまだえいみ》先生が解説を寄稿。「田辺さんの小説は昔の男の電話同様、心の奥底に忘れさられていた何かを刺激する」という表現にハッとしました。不肖私も経験は少ないながらも、例えば「恋の棺《ひつぎ》」を読むとちょっとした駆け引きとか、「お茶が熱くてのめません」からは相手に幻滅した瞬間とか、恋愛の場面が蘇ってきます。

しかし表題作「ジョゼと虎と魚たち」のような、エモーショナルでピュアな恋愛は未経験かもしれません。池脇千鶴《いけわきちづる》と妻夫木聡《つまぶきさとし》で映画化もされていましたが、当時は話題になった池脇千鶴のヌードを拝むため映画を観るという俗っぽい動機でこの作品を知ったので、ちゃんと小説は拝読していませんでした。この小説、三十年以上前の一九八四年に書かれたのですが、古さを感じさせず、恋愛が瞬間冷凍でパッキングされたかのような生々しさです（ただ相手の男性の名前が恒夫《つねお》、というのに若干時代が……）。

主人公は本名が山村《やまむら》クミ子《こ》なのに、サガンの小説が好きでヒロインの「ジョゼ」を勝手に名乗っている不思議系女子。彼女は足が麻痺《まひ》していて歩けないという障害の持ち主でもあります（正式な病名は不明）。でも、悲観的になったり卑屈になることは

恒夫と一緒に動物園に行き、失神しそうな程
虎に怯えるジョゼ
夢に見そうに怖い！
動物園でデートする時は、かわいい動物に
反応するだけでなく、ちゃんと怖がる
リアクションも必要だと学んだシーンです

なく、むしろ男性に対しては高圧的なツンデレキャラ。小説は、ジョゼと新婚の夫、恒夫の新婚旅行のシーンからはじまります。車の窓を開閉して遊ぶジョゼは初旅行でテンションが高まっていて、お互い初めての場所なのに「あんたのはじめてと、アタイのはじめてとは質がちがう。アタイのはじめては中身濃いいのんや」なんて憎まれ口を叩《たた》いたり、夫のことを「管理人」呼ばわりしたり、言いたい放題です。読者としては、最初に幸せな新婚シーンが出てきて、ネタバレになっていますが、著者はさりげない筆運びで、ジョゼの不遇な半生のシーンに誘導します。最初から、涙を誘う展開にしないところに、一般人と障害者を分け隔てしない著者の感覚が表れているようです。

ジョゼは赤ちゃんの頃母親が家を出てしまい、再婚した父に施設に入れられ、その後祖母と暮らしますが、車椅子の姿を世間に見せたくなくて夜しか外に出してもらえない、という複雑な環境で育ちます。ある時、通りすがりの心ない男に車椅子を押され、坂を直滑降していったところ、男子大学生に助けられます。それが二つ下の恒夫でした。以来、恒夫はたまにジョゼの車椅子を押して散歩したり、銭湯に行ったり、サポートしてくれるように。銭湯でちょっと待たされただけで叱《しか》りつけるジョゼに、甘えの裏返しなのでは、と薄々感じながらも怒られそうで指摘できない恒夫。いっぽうで、密かにフェティッシュな魅力をジョゼに感じはじめていたようです。大学の同級生のようなギラギラした性の匂いは感じさせないながらも、市松人形のような和風美人で白くて細いジョゼ。「旧家の蔵から盗み出してきた古い人形を運んでいるような気が、恒夫にはした」という表現がしめやかで官能的です。昭和の男の郷愁を刺激する日本人形。和室の棚の奥にひっそりと存在していそうな……。きっと喋りだしたらジョゼみたいにワガママに違いありません。

しかし、しまわれたままの人形と同じく、ジョゼはしばらく恒夫に放置されてしまいます。リア充な大学生活をエンジョイしていて、就職が決まってから久しぶりにジョゼの家を訪ねたら、祖母は亡くなり、一人で心細く暮らしていました。恒夫が思わず「めしはちゃんと食うとんのか、痩せてかわいそうに。顔、しなびとるやないか」と声をかけたら、ジョゼは激怒。人形は顔が命です……。しかし口論のあと「帰ったらいやや」とすがりつくけなげなジョゼに、思わず恒夫は接吻。その流れで「恒夫さん。好きにしてもええねんデ」と誘われ、ＳＥＸ。最中にも「その日、はじめてジョゼの繊《ほそ》い脚を直接《じか》に見て、これも人形のような脚だと思った」と、興奮を覚える恒夫。すっかり人形との禁断のプレイの虜に……。「人形は人形なりに精巧にできていて、外から見るより、少なくとも女の機能はかなり図太く、したたかに、すこやかに働いている」という記述がまるでリアルドールのようです。その後も「繊い人形のような脚のながめは異様にエロチックで、そのあいだに顫動《せんどう》している底なしの深い罠、鰐口《わにぐち》のような罠がある。恒夫はそこへがんじがらめに括《くく》りつけられたように目もくらむ心地になる」とさらに踏み込んだエロチックな表現が。ギリギリなところで表現するのがさすが芥川賞作家の筆力です。足が悪い病名を最初にぼかすことで、該当する症状の人を傷つけることを防いでおいて、人形と化した女体のフェティッシュ性を表現するとは……。日本人形のリアルドールのような美女という他にない魅力で、恒夫の心を摑んだジョゼ。彼は身も心も支配され、いつしかS&Mの主従関係ができてゆき、それが冒頭の新婚旅行のシーンにつながるのでしょう。そして特殊なフェチの需要と供給で繫がった二人の関係は、強く結びつきます。巷《ちまた》の夫婦よりも強い愛で……。身体コンプレックスがあっても、それを全て受け止めてくれる人はどこかにいる、と思うことで希望が持てる小説です。ひっそりと同棲し、海底洞窟みたいな部屋で眠る二人は魚になっていて（アタイたちは死んでる。「死んだモン」になってる）と思うジョゼ。その死とは幸福とともに、終わらないエクスタシーを表しているようでもあります。二人は普通の平凡なカップルには到達できない境地に至ることができました。

『さらば、メルセデス』

秋元康

日本 1988年

彼女は処女だろうか。
もし、違うなら、
彼女とやったその男の胸ぐらをつかまえて、
思いっきり殴ってやりたい。

アイドルの処女性に対する世間のチェックが厳しくなっている昨今ですが、AKB48の恋愛禁止ルールで禁欲的な風潮を作り上げた秋元康《あきもとやすし》Pは、どんな恋愛を経てきたのでしょうか。秋元康氏の高校から大学時代の青春を描いた自伝的小説『さらば、メルセデス』(もとの単行本は一九八八年に刊行)を読んでみました。

二〇一〇年に出版された文庫版の序文「メルセデスに乗りながら」には「22年前に書いた作品を、今、読み返すのは本当に恥ずかしい」「誰にとっても、〝青春〟というのは、間違いだらけで、できれば封印したい過去だ」とあり、いつもクールで堂々としている秋元康(敬称略)がこんなに恥ずかしがるとはどんな黒歴史なのかと期待が高まります。

さかのぼって一九七三年の冬、私立C大の付属高校に通う秋元康は、中学受験で開《かい》成《せい》に落ちたコンプレックスをばねに、東大受験のため勉強に励みます。しかし「机の抽斗《ひきだし》の奥に隠しておいたハイライトに火をつける」と、冒頭からいきなり喫煙シーンが。「〝青春〟というのは、間違いだらけ」と序文で書いていましたが、もはや違法行為です。付属高校のユルい雰囲気か、同級生もふつうにタバコを吸い、ジャズ喫茶に入り浸ったりして、都会の男子は早熟です。しかし十六歳時点では童貞だった秋元康。朝、同じバスに乗るかわいい女子高生にひそかに思いを抱いていました。行き場

小説内で明かされた初体験シーンは淡々としていました
シュポ
AKB48に恋愛禁止の厳しい規則を強いている秋元P。しかしご自身は高校生にしてSEX&喫煙&飲酒などヤンチャ行為を……
吉祥寺の連れ込み旅館にて

のないエネルギーを悶々とさせていたら、友人から「バンドを作らねえか？」と誘われます。迷っていたある日、南沙織似の女子高生、坂崎理恵《さかざきりえ》と帰りのバスで遭遇。その後彼女のバイト先までついていき、トークしていたら音楽の話になり、バンドをやっていると嘘をついてしまった秋元康。男子は好きな子の前ではついビッグマウスになってしまいます。その後、急にベースをやりたくなったと友人に言って加入。そして、ある夜バンド仲間の家で飲酒&喫煙していたら友人の加藤《かとう》が「俺、……やっちゃった」と一言。入れるところがわかりにくかったけど適当になんとかなった、という生々しい体験談に「そうか……」とため息をつく未経験男子たち。「女を知っているか、知らないか、この差は大きい」と焦る秋元康は、坂崎理恵のことを思い、「彼女は処女だろうか。もし、違うなら、彼女とやったその男の胸ぐらをつかまえて、思いっきり殴ってやりたい」と過激な妄想をします。この時の処女幻想が、今のAKB48恋愛禁止ルールの元になっているのかもしれません。

恋愛やバンドにかまけて受験勉強がおろそかになってしまった秋元康。夜中、せんだみつおのラジオを聴いて、『平家物語』のパロディを作るのですが、「ナオン、少女のあえぎ声、処女無情の響きあり」と、童貞の念がほとばしったようなフレーズ。これこそ、彼にとって消したい過去かもしれません。クリスマスパーティでは秋元康作詞のオリジナル曲を演奏。「初めて出会った君は　僕のハートに　打ち上げられた見知らぬマーメイド」「視線の花束を　受け取っておくれ　〝Ｉ　ＬＯＶＥ　ＹＯＵ〟の言葉は　寄せる波になれ」と、さすが才能の萌芽を感じさせる素敵な歌詞ですが、この曲を捧げた坂崎理恵は風邪を引いてパーティに来られず……。やるせなくベースを弾く秋元康。「ドドッ　ドドッ　ドドッ……」というベースの音が、射精の欲求を暗喩しているようです。

場面が変わって一九七七年の夏、Ｃ大学に通いながら放送作家として活躍している秋元康。小説の前半はピュアな童貞物語でしたが、いつの間にか高二の終わりに中学時代の彼女と経験を済ませていた彼は、肉食男子に変身。業界人のモテオーラを身につけた今は、七つ年上のスタイリスト村井順子《むらいじゅんこ》（実在の人物か気になり思わず名前で検索してしまいました）と交際。「僕も束縛されるのは嫌だし、僕も束縛しない。空気のような存在でいたいよね」と、都会人ぶってＣＯＯＬな恋を楽しみます。その後、順子が自分探しのためパリに旅立つことになり、空港でドラマチックな別れのシーンが展開します。泣きながらキスして、「馬鹿ね」という言葉を残し去って行った彼女。窓の外、飛び立っていく飛行機を眺めながらぼんやりする秋元康。しかしどこか冷めています。そして小説も後半は、恋愛よりも仕事の要素が多くなっていて、仕事とは相思相愛であるため、そこまで恋愛にハマれない仕事人間の姿が浮き彫りになっていきます。

その後も、モデルの富田真美《とみたまみ》と付き合い、積極的な彼女に結婚したい気持ちをほのめかされますが、受け入れられず、破局。秋元康には、仕事や車など、女性よりも優先順位が高いものが多かったのでしょう。最後、この小説のタイトルにもなっている、成功の象徴でもあるメルセデスを三十二歳の若さで手に入れるのですが、こんなに早くゴールに着いてしまったことに虚しさを感じて手放す決意をします。女性でも車でも、手に入れたら飽きてしまう罪な性分なのでしょうか。思いを果たせなかった高校時代のプラトニックラブの相手が、今も彼の創造力の源泉になっているのかもしれません。

『放課後の音符《キイノート》』

山田詠美

日本　1989年

心に刻みたい愛の名文

金もくせいを食べたの
金もくせいも食べたの
だから
歯の痛みにはキス

思春期の女子の恋愛観や人格形成に多大な影響を与えたと思われる山田詠美先生の名作短編集『放課後の音符《キイノート》』。『Olive』に一九八八～八九年の間、連載されていました。当時はバブル景気で、若者がクリスマスにホテルを予約したりティファニーのアクセサリーを贈ったりと、恋愛に浮かれていた時代だったと記憶しています。女はワンレンボディコン、ピンヒールに赤いリップという扇情的な出で立ち。男も女もさかっていた恋愛至上主義の風潮に憧れていながらもまだ踏み出せない、そんな女子中高生を手ほどきしてくれるような山田詠美先生の小説には、憧れの恋愛の形が描かれていました。

『放課後の音符』の短編にはわりと共通しているパターンがあります。主人公は、読者が感情移入しやすいように、奥手で恋愛経験が少ない女子。そんな主人公は、クラスの女子にやっかまれているフェロモン系女子に内心憧れを抱いています（今で言う雌ガール）。その雌ガールの方も、テレビの話とか俗っぽい話題で盛り上がったり連れションしたりするクラスの大半の女子たちは嫌っているのですが、彼女たちとはどこか違う主人公のことは気に入ってくれます。そして雌ガールは主人公にセックスや恋愛についていろいろ教えてくれる、という流れです。こんな女友達がいたら……と当時（処女率九割以上の女子校で）、憧れたものです。この雌ガールたちは、たぶん

28歳の女に彼氏を取られた女子高生のカズミ。
彼と略奪女が一緒にいるところを目撃
全もくせいも食べたの
だから歯の痛みにはキス
あの人には
かなわない
80年代に元祖天然系女子の萌芽が…

姿形を変えた山田詠美先生の分身なのだと思います。そんな恋愛上級者の女子たちの教えてくれるテクニックとはどんなものなのでしょう。中学時代にこの小説に出会い、改めて読み返したのですが、その時憧れていた彼女たちには、二十年以上経っても全く追いつけていないことに気付いて愕然《がくぜん》としています。

「Body Cocktail」には、十七歳にして性体験豊富な雌ガール、カナが登場。いつも足首には金のアンクレット（当時、ヤリマンチェーンという俗称で呼ばれていました）、黒いシンプルなセーターを愛用しています。初体験のことはもう忘れたと言い放つカナ。妊娠が判明し、産むことを決意します。恋愛での結びつきは、お酒のカクテルみたいなもの、という境地に到達（未成年ですが……）。「ここに、今、あるのよ、おいしいカクテルが」と、子を宿した自分のお腹を指し示します。女子力を超えた妊力に、ただすごいと圧倒されるシーンです。

「Brush Up」には帰国子女の雅美《まさみ》が出てきます。主人公のうぶな女子の家におしかけ、部屋で喫煙したり、友だちにブロウジョブのやり方を教えてもらった話をしたり、ビッチ放題。親御さんにとっては娘に悪影響を与えかねない要注意人物です。雅美の高校のアメリカ人の同級生は「When he eats me, I feel so good」と、性交を相手に食べられること、にたとえます。この短編集では、セックスを食べる行為によく結びつけていて、食べ盛りの読者女子の食欲をうまく性欲に誘導しようとしているかのようです。

「Crystal Silence」には、南の島で耳が聴こえず口もきけない若い男子と恋に落ちた女子の官能エピソードが。その女子、マリは男子の耳に息を吹きかけたりして、自分の思いを伝えます。リビドーを高まらせ、彼に噛み付かれたい欲求にかられたり、サトウキビやウニを食べさせてもらったり、本能のままに過ごしたバカンス。ウニを彼の口に入れてあげた時、「彼は私の指まで食べたわ」「本当に食べたんじゃないわよ。でも、私、この人に食べられてもいいと思った」と、フェチな世界に開眼したマリ。それから海辺で愛し合ったそうです。「素敵な夏休みだったね」という素朴な主人公のコメントに癒されます。それにしても青カン的なセックスのシーンもいやらしくなく、叙情的に描写しているのがさすがです。

「Jay-Walk」は王道パターン的な、すぐ人の彼を取ることでクラスで嫌われているフェロモン系女子ヒミコが、「ハイヒールの似合いかけてる脚を持ってる」主人公にポテンシャルを見いだして、一緒に夜遊びに行くストーリー。「女に生まれたからには、絶対にハイヒールよ」「女だってことを楽しむのって、素敵なことよ。背中の開いた服やスリットの入ったスカートで、男を振り返らせるのって、最高」「男と女が惹かれ合うのって、すごく動物的なことから始まってるのよ」と次々バブリーな恋愛格言を連発します。今読んでも勉強になる、『放課後の音符』は恋愛の教科書のようです。

そんな中で最も変化球的でインパクトがあったのが「Red Zone」。主人公の女友達、カズミが失恋してやけ酒（繰り返しになりますが未成年……）を飲むシーンから始まります。突然彼氏のサエキくんに避けられ、問いつめたら二十八歳の、女子高生にとっては「おばん」とできてしまったとのこと。しかも「今のおまえの方が、よっぽど、おばさんに見えるよ」と逆ギレされてしまいます。カズミは意を決してサエキくんの家に話をつけに行きますが、そこで彼と二十八歳の女性を目撃。その女性があまりにも素敵だったので、敗北を認めざるをえませんでした。

「私、髪の長いハイヒールはいた、いかにもって感じの女を想像してたんだけど、さ。髪が短くって、男の子みたいな人なの。ジーンズにリーボックのスニーカーはいて。化粧してないんだけど、真っ赤な口紅だけつけてるの」

ショートカットだった頃のジェーン・バーキンみたいな感じでしょうか。フランス文化好きのオリーブ少女のテンションが上がりそうな描写です。メロメロなサエキくんに対し、どこかCOOLな彼女を見ていたら、カズミの内に憧れの気持ちさえ芽生えてきました。そして二人の会話を聴いて、やはりかなわないという思いを新たにします。

「あの人、レイコさんて名前らしいんだけど、金木犀《きんもくせい》の匂いがするって言ったの」

続いてレイコさんは「甘くて歯が痛くなりそう」「秋には恋に落ちないって決めていたけど、もう先に歯が痛い」と、ポエム的な発言。そして二人は「金木犀を食べたの?」「金木犀も、食べたの。だから歯の痛みにはキス」と呪文のような言葉を交わし、キス。

カズミは、自分もあんな素敵な大人になりたいと願うようになり、「赤い口紅が気《け》怠《だる》く見える内はつけない方がいいんだよね。本当の大人の赤い唇って、絵の具箱の中のあの色みたいにあどけないんだ」という考えに至ります。そして赤い口紅が似合うようになったら、サエキくんをものにする、と心に誓います。予約済みのスタンプとして、サエキくんの目の前で赤い口紅を塗り、軽くキスだけして帰る、という大胆な行動に出たカズミ。呆然《ぼうぜん》としていたサエキくん。赤い口紅という、女子にとっての強力な武器の力がこの小説で証明されました。そして年上女の場合、天然キャラが効力を発するということも……。山田詠美先生は感覚的に書かれているのだとしたらすごいです。後世に伝えるべき恋愛指南書『放課後の音符』。そして女子がグイグイいって男子がわりと受け身、というのも現代の男子の草食化を予言しているかのようです。

『若き血の清く燃えて――鳩山一郎から薫へのラブレター』

鳩山一郎

編・監修／川手正一郎

日本　１９９６年

心に刻みたい愛の名文

ああ
If I could see you and kiss you and
put my arms around you, sister,
I will die.

話題のスポット、音羽《おとわ》の鳩山《はとやま》会館に行った時に、元首相の鳩山一郎《いちろう》の部屋にさり気なく展示されていた妻へのラブレター。達筆すぎる筆文字で現物は解読できなかったのですが、書籍化されていたことを知り、その本『若き血の清く燃えて―鳩山一郎から薫へのラブレター』を入手してみました。感情を表に出さない鳩山由紀夫《ゆきお》元首相の祖父がこんなに情熱的で恋愛体質の男性だったとは……と驚かされ、現代の淡泊《たんぱく》な男性にはない日本男児の熱さに若干引き気味になりながらも読了。

東京帝国大学英法科の学生だった一郎（二十一）は、幼なじみで親戚の薫《かおる》（十五）を妹のように愛していたのが、だんだん異性として好意が芽生え、熱烈な手紙を送るようになります。五年にわたって送り続けられた一郎の手紙五十通以上がこの本に収められていて、その間、帝国大学を出て弁護士になり、さらに早稲田《わせだ》大学の講師にもなっているのですが、勉学と恋愛を両立できていることに驚嘆しました。明治の男のバイタリティーは半端ないです。そしてタイトル通り若き血潮がたぎっているというか、健康な二十一歳男子として性欲が高まっていることが、まず一通目から匂い立っています。「今も、もし本当にシスターを見ることが出来、Kissする事が出来ればなあと！　ああ、おさえましょうね」「これから一生懸命に忍耐の稽古《けいこ》してPureの人となります」英単語が混じっているのがさすがですが、いきなり直球にkissの願望を示

一郎からの大量の熱い恋文に対し、薫はほとんど
返事を書かなかったそうです
悶
悶
ああ、今ここに抱いて寝たいの、淋しい夢など見たくても見られないでしょうね互いを互いに委ねたら…
愛する一人の妹よ。ブラザーをtrustしLoveして下さい
どうともおしなさい、
ああ二人の手を離さすものはないのですね何故ミスター返事しないの
余裕の笑み
メールの返事は放置するという、現代にも
通じる恋愛駆け引き術です

されて、十五歳の薫はとまどったことと思います。続いての手紙も、あふれるリビドーを抑えようとする煩悶を詩的に表現。「ああ節制、汝《なんじ》は乾ける石の様でしょう。ああ愛、汝はしたたる泉の様でしょう」。さらに次の手紙では、「ああ If I could see you and kiss you and put my arms around you, sister, I will die.」と、英語で薫への欲求を噴出させています。あなたにキスしてこの腕に抱ければ死んでもいい、と、日本語にするとかなりギラギラしていて、一言で要約すると「やらせろ〜」ということでしょうか。一郎の押しの強さに薫は引き気味なのか、ほとんど返事をしないで静観していたようです。一郎はそんな薫のつれなさを咎《とが》めるように、「シスターはなぜ兄に対して、無口なのですか」「本当にシスターはひどいのですね。そんなにCoolになさっててブラザーをいつまで悲しませなさるのです」などと女々しいことを書いたりもしますが、くじけないで一方的に手紙を送り続けます。一人よがりで、自己完結していて楽しそうです。「むしろ世人の所謂《いわゆる》成功には失敗しても、或る神聖の意味で成功する事がHopeなのです。ああ、成功の一つは何でしょう、シスターよ。名誉も感動と同じです」と、男のロマン的な、やや意味不明な理想論を唐突に語ったり、「ああ、いつでしょうシスターと手をたずさえて自然の美を語り、神の恵みに浴し、互いの心を話して楽しむ時は！　シスター！　マイ　シスター！　昨日は天国を二人して形づくりましたね」と、テンション高く呼びかけたり……。手紙に「神」や「天使」という単語が頻出しますが、彼はクリスチャンではありません。神も天使も二人の恋愛を盛り上げる脇役のようで、さすが名家の息子は恐いもの知らずです。この異様なテンションは、自分の孫も将来首相になる誉れを予期しているかのようです。栄光の星の下に生まれた鳩山一族……。

しかし一郎にも人生がうまくいかない時がありました。親戚だということを理由に、両親に結婚を反対されたのです。その時は、「夕御飯迄床《までとこ》に入って泣いてました」「兄と妹との関係を以《もっ》て満足し、神の恵みと信じて静かなLifeを早く終わりましょう」と、泣いたり死にたくなったりしていましたが、結局、薫はとてもいいお嬢さんだと親も認めて、結婚を許してくれて、めでたしめでたし。結婚が決まってからは「ピアノは美の本髄《ほんずい》ですよ。しっかりおやりなさい」「民法の四の一の項に『日常の家事に付いては、妻は夫の代理人と見做《みな》す』という事があります。今それを実行しましょう」と、夫として妻を監督したがるところも出てきますが、基本的にはメロメロで、薫からたまに返事が来ると「僕は、この手紙だけを抱いて死んでも幸せです」と言ったり、薫の旅行先までストーカーのように手紙を送り続けます。そんな手紙も無視して返事を書かなかった薫ですが、結婚後の二人の写真を見ると満たされた微笑みを浮かべていて、やはり女は愛された方が幸せなのでしょう。夫に対してクールな態度だった薫が、彼からの手紙を大事に保管していたのは、愛情の表れなのか、もしかしたら何か家庭内に問題が起こった時のために弱味を握っておこうという考えかもしれません。明治の女の手強さにも完敗です。

『奇跡』

岡本敏子

日本　2003年

心に刻みたい愛の名文

男の人って、哀《かな》しいなあ。
あんなに挑んで、努めて、
男の性ってかわいそう。

生誕百年を迎えた二〇一一年、岡本太郎《おかもとたろう》が盛り上がっていました。太郎の半生を綴ったドラマが放映されたり、各地で展覧会が開催されたり……。その一環で文庫化された『奇跡』。岡本太郎の生涯のパートナーだった岡本敏子《としこ》が、二人の秘められた関係を彷彿とさせる衝撃的な小説を世に出していたのです。

主人公の笙子《しょうこ》は、ある時いけばなの教室の同僚に誘われ、カリスマ建築家、羽田謙介《はたけんすけ》の屋敷に遊びにいきます。若い女子だからといって軽んじたりせず、二人に向かって、美意識についての持論を展開する謙介にほのかな好感を抱いた笙子。謙介も、笙子の日本人形のようなおかっぱ頭が気に入ったようです。その後、仕事場でたまたま再会した謙介に「おかっぱさん」と親しげに呼びかけられます。窓辺から夕陽を眺める笙子の背後にいつの間にか謙介が立っていました。そして耳たぶにキス。「ほんとのキスは、またにしておこうね」と殺し文句をささやく謙介。クリエイターは、エネルギーを創作で使ってしまうせいか性的に草食系が多いイメージですが、稀《まれ》にエネルギーが爆発しそうなほどありあまっている人もいるようです。それからしばらくして、いけばなの展覧会の打ち上げで二人は遅くまで同席し、その流れで謙介は笙子を家に招き入れます。「さあ、脱がしてあげよう」。あっという間にスリップ一枚、はらりと肩紐《かたひも》が落ちて片乳首が露わに。エロい姿態に猛りたつ謙介。さすが中年男性は攻

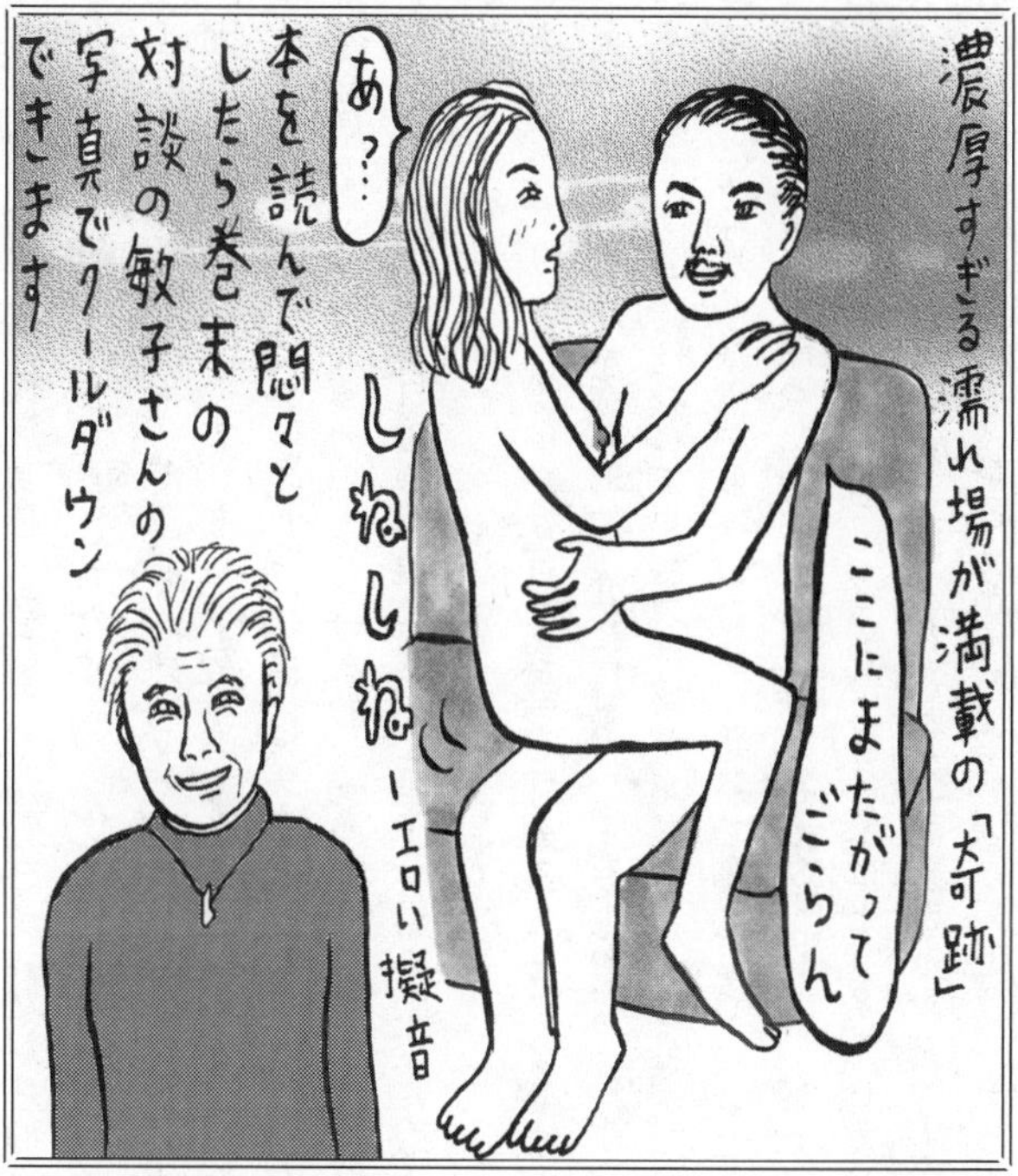
濃厚すぎる濡れ場が満載の「奇跡」
ここにまたがってごらん
しねしね
ーエロい擬音
あっ…
本を読んで悶々としたら巻末の対談の敏子さんの写真でクールダウンできます

め方がねちっこく「唇を吸い、耳たぶを、のどを、乳房を吸いながら脚を開かせようとした」。しかし処女の笙子はまだぎこちなく「こんなに一生懸命、こんなに長い間、攻めていらっしゃる。なのに。申し訳ないという思いが笙子の胸をしめつけた」と、こんな場面でもどこか優位です。なかなか貫通できず、二人とも汗だくになり、やっと、「腰をもちあげるようにして、ついに男は突き通した」と、処女喪失。ぐったり萎えた謙介を見て「男の人って、哀しいなあ」「あんなに挑んで、努めて、男の性ってかわいそう」と、上から目線の感慨に浸った笙子。男を手玉に取る小悪魔の性が芽生えた瞬間です。

謙介とのことが噂になり、笙子はいけばな教室を辞めることになります。母が突然亡くなったこともあり、責任を感じた謙介に屋敷に引き取られ、仕事を手伝うように。家ではめくるめく性儀が行われます。スパンキングや、一日全裸で過ごすように命じたり、鏡の前に立たせて背後から攻めたり、発熱で寝込んでいるところを襲ったり、SMチックです。印象的だったのは、名付けてピカソプレイ。ピカソの画集の裸の男女が交わっている絵を開きながらセックスし、「僕はどう？　ピカソよりいいかい？」「アッ、お前はいま、ピカソを受け入れたね」「淫乱なヤツだ」と言葉責めします。まさかあの芸術家が……。「うねる筋がまつわりついて走り、まるで見知らぬ生きもののよう」「亀頭の先端の割れ目に、ぽちりと透明な粘液が一粒」と、性器を微に入り細をうがって描写している箇所もあり、今後岡本太郎を見る目が変わってしまいそうです。それにしても「漂う意識のなかに、雌蘂《めしべ》のなかが燃え狂う炎の熱さで彼のものをしっかり抱いている」「つままれた乳首の芯のうずきが、身の髄《ずい》にうねうねと走って、腰がうごめき」など、フランス書院顔負けの官能描写連発で、電車の中で開くのが憚《はばか》られます。

ところで謙介が笙子を寵愛したのは、少女のようで実はエロティックというギャップが良かったようです。「初々しい稚さがおずおずとひらいて行く。その微妙な、ふるえがくるようなひらき方が男の魂をわし摑《づか》みにする」と、間接的に自分のことをほめていますが、てらいがなく清々しいです。

そんな笙子に夢中になるのは謙介だけではありませんでした。仕事の相棒、井崎五《いざきご》郎《ろう》も、謙介にノロケ話を聞かされるうち、笙子に心惹かれてゆきます。二人で飲む機会があり、「このまま帰したくない」とホテルに誘い、あっさり笙子はセックス。行為のあと「いい子。かわいい子」と井崎に頬ずりし、幼子のようにあやす笙子。常に男性に対して上から目線です。

独特のモテオーラを漂わせる笙子は、ピアニストの男性、アメリカ帰りのビッチな女性、リゾート開発会社の社長などに次々とアプローチされます。半ばに、謙介がいけばなの家元に絡まれて頭を打って脳挫傷で突然死という衝撃の展開を迎えますが、その後もケルト美術の学者やＣＧアーティストに口説《くど》かれモテは止まりません。しかし前半のような濃密なラブシーンは訪れず、「私は、羽田謙介によって、封印されているんだなって感じた」と、なかなかその気になれない笙子。夜、家にひとりでいると謙介との濡れ場がありありと思い出されます。著者も、彼が亡くなった後、延々とラブシーンを擦り切れるほど脳内再生していたのでしょう。だから時が経ってもこんなに微細に描写できたのです。深く濃く愛された思い出があれば女はひとりでも生きていけます。岡本敏子が何歳になっても色っぽい目をしていた理由がわかりました。

『泣いちゃいそうだよ』

小林深雪

日本 2006年

「ありがとう。」
素直にそう言ったら、
やだ、泣いちゃいそうだよ——。

小中学生に大人気の『泣いちゃいそうだよ』は、ベネッセ進研ゼミ中学二年生用の会報誌に連載されていた小説で、人気の高まりとともにストーリーが拡大・発展し、講談社青い鳥文庫で続々発刊されています。公式サイトを見ると、「シリーズ全巻を100回以上読みました」「100%リアル共感&感動です!!　ここまで分かってくれる人はいたんだ!!　超!　大感謝!!」と、熱い読者からのお便りの数々が……。ここまで読者を惹き付ける魅力を知りたくて、中学生に年齢退行しつつ読んでみました。

主人公は、多感で、何かと泣いちゃいそうになる中二の少女、小川凜《おがわりん》。「元気がとりえの十三歳。趣味は食べること（きっぱり）！　部活は吹奏楽部」という、親近感が持てるキャラクター。親友は「小柄で目がおっきくて女の子っぽい」可愛いキャラの永井萌《ながいもえ》、そして妹の小川蘭《らん》は美人で頭が良くて学級委員と、逸材に囲まれてコンプレックスに苛まれがちな少女です。小川凜の一人称の文を読むと、基本的に、相手がこんなに可愛いとか賢いとか長所を挙げていて、善良な性格であることが伝わってきます。「うつくしいものを美しいと思えるあなたのこころがうつくしい」という相田《あいだ》みつをの格言が頭をよぎります。彼女のコンプレックスは、男子に「アフロ一歩手前」とからかわれる天然パーマですが、男子も好きだからわざと挑発しているような

男女が廊下でぶつかって恋が芽生える
というのはありがちですが、「泣いちゃい
そうだよ」ではさらにボタンに髪が
絡まるという二次ハプニングが発生
イタ～い
天パでウェービーなヘアというところに
ほのかなエロスが漂います

気配です。小川凜は、気さくな三枚目キャラに見えて、実はかなりのモテポテンシャルを秘めていることが、読み進めるうちにわかってきます。ルックスよりも性格が良い子の方がモテるストーリーは、小中学生にとって道徳の模範になりそうです。

小川凜は、同じクラスになったサッカー部のイケメン、広瀬崇《ひろせたかし》に思いを寄せていたのですが、彼が蹴ったボールが頭に当たったり、廊下でぶつかって彼の第二ボタンに天パの髪が絡まったりと、ハプニングが続いて、次第に意識されるように。急に雨が降り出した日は、傘を忘れた広瀬と相合い傘で帰るなど、少女漫画のような胸キュンシーン連発です。早熟な現実の中学生女子は、さらに肉体的な発展を期待してしまいそうですが、この小説は進研ゼミ発だけあって根本がまじめで、相合い傘で帰りながらも「広瀬は、新入生にタメ口で話されたことある?」と、小川凜は部活の人間関係の相談を持ちかけたりしていて、妄想を暴走させそうな読者の心をクールダウン。勉強の合間に読むのに良いテンションです。

サッカーの都大会では、広瀬を大声で応援して目立ちまくっていた小川凜。恋のライバルのツンデレ美少女、川上真緒《かわかみまお》は、広瀬にサンドウィッチを差し入れしてアピールしますが、それよりも凜の声援の方が彼の心の支えになったようです。少しずつ距離を縮めていく二人。テストで失敗し、体育祭実行委員に選ばれて忙しくなり、さらに部活の人間関係のいざこざでテンパっていた小川凜に、「文句も言わずに一生懸命にがんばってるよな」「オレは小川のそういうとこ、評価してんだぞ」と、励ましながらも照れたように顔を赤らめる広瀬。弱冠中二なのにかっこよすぎです。

　体育祭では、一緒にリレーに出場することになり、ここでも広瀬が「万が一、小川が遅れても、オレが取りかえしてやるから。大丈夫。だから、安心して走れよ」と痺れるセリフを発します。小川凜は、転倒して膝を擦りむきながらも広瀬にバトンを渡し、彼は猛ダッシュで一位でゴールイン。バトンごしの接触という初々《ういうい》しさがたまりません。バレンタインでは、手作りチョコレートを広瀬に手渡し、「一緒の高校に行きたい！」と宣言してなんとなく良いムードになりますが、お互い意識しまくって普通に喋れなくなってしまいます。そんな中、いつも小川凜をからかっていた男子まで彼女が好きだったと判明。「オレ、ほんとは、小川に優しくしたかったんだよ」。負けずに広瀬も、彼女のことを好きだと告白し、バレンタインのお返しにヘアピンをプレゼント。一巻はハッピーエンドで終わりました。

　続いて二巻は中三に進級し、広瀬と恋のライバル川上真緒が同じクラスになって仲良さそうなのを気にしたり、部活の後輩男子に告白されたりしつつ、広瀬と同じ高校に行くためにがんばる小川凜の姿が描かれています。図書館で一緒に勉強デート。公園で話しているうちにはじめて名前を呼び合う二人。彼からのクリスマスプレゼントはオルゴールで、雪で滑ってしがみついてプチ肉体接触。卒業式には、髪が絡まった出会いの記念の第二ボタンをもらい、二巻もプラトニックのまま終了。気になって高校生バージョンまで読んでしまいましたが、高校二年でまだキスまでの関係のようでした。以前流行《はや》ったケータイ小説とは全然違います。このシリーズが売れれば売れるほど、ティーンの処女率が高まることが期待されます。

『あたし彼女』

kiki

日本　2009年

てか
アタシたち
一緒になるために
出会った
みたいな

だから
アタシ
トモの彼女

あたし彼女

2000年代前半に盛り上がっていたケータイ小説ブーム。『あたし彼女』(kiki著)も、雑誌広告に「累計PV数5300万突破!」「発売前にGoogle検索ヒット数377万件!」と、多すぎて実感がわかないキャッチコピーが躍り、出版の日にはタレントを呼んで記者会見を開催……。別の惑星の話のようです。「涙出すぎてかれちゃう。とにかく最高だし。みたいな(笑)」「ケータイ小説革命。短い言葉なのに、その世界へ連れていってくれます」「涙が止まらない自分に驚いた」といった、読者のコメントも購買欲を刺激。コメント欄で随時読者の感想が読めるのはケータイ小説の強みです。作家の執筆作業は基本的に孤独ですが、ケータイ小説は読者に励まされ、熱意に後押しされ、一緒に作り上げた一体感が得られます。そのようにして高いモチベーションを保ったまま書き進められた『あたし彼女』は、六〇〇ページに及ぶ大作に……。といっても一行の文字数は少なく、「なんか/アタシ/彼氏いたんだけど/飽きた/みたいな/んで/今の彼氏」と、短い時は二文字で改行されてゆき、ポエムのようです。携帯サイト上でも激しい頻度の改行によってページ数が増え、PV数も倍増するという効果が。まじめに段落とかを作っている人がバカみたいです。携帯サイトでたくさんの読者を集め、その読者の念を吸い取って執筆し、さらにPV数を増やすテクを持っていた著者のkikiさんは、女としてもやり手に違い

「あたし彼女」の恋愛を盛り上げる小道具の数々
ダウンロードしたラブソング
トモの作ってくれるココア
ブランデー入り生クリームのせ
キミを守るため
so well
元カノの枕
ハートのイルミネーション
アキ、見て
ドラマ化されたら次々と商品化されそうです
ケータイ小説は宝の山・・・・
etc....

ないと興味がわいてきます。実際「このお話は実話に基づいたお話」とk・i・k・iさん本人が語っているので、つい主人公と重ね合わせてしまいます。過去にヒットしたケータイ小説もそうですが、読者は実話という部分に惹かれ、共感するので、あとがきでもどこかに一言「実話を元にしている」と書くと、販促効果が上がるかもしれません。ケータイ小説を熟読すると、ヒットする小説の法則について学べます。

主人公のアキは二十三歳、小悪魔的なルックスで中学から男を切らしたことがなく、これまで何百人とヤッてきて、二回中絶したことに何の罪の意識もなく、その日楽しければいいと享楽的に暮らしているビッチ系。合コンで会った三十一歳のCGデザイナー、トモと金目当てで付き合うことに決めます（三十一歳のトモが「俺はもうおじさん」と自嘲モードだったり、仕事も常務という管理職なのが衝撃でした）。いっぽうでトモもアキが事故死した婚約者カヨとそっくりだったので、ビッチと知りながらも心の穴埋めのためアキと交際することに。お互い不純な動機ではじまった関係ですが、予想を裏切らず、二人は次第に惹かれ合うように……。しかしトモが間違ってアキに「カヨ」と呼びかけ、さらに昔の写真が出てきたことで、亡き婚約者の存在が発覚。傷心したアキはプレゼントしてもらったグッチのブレスレットを返却し、彼のもとを去ります。ショックで部屋にとじこもっていたアキに、久しぶりにきたトモからのメール。そこにはラブソングのURLが……。そして二人はまた元さやに収まり、ハッピーエンドと思いきや、アキがトモの子を流産したことで関係に暗雲が立ち込めます。うまくいきそうになっても、その都度何か問題が起こって安心できないジェットコースターのような展開に読者は振り回されますがいつしかその刺激が病みつきに。激しい改行で読みにくくしたり、著者はS度が高いようです。

『あたし彼女』もそうですが、「死」と「セックス」の要素が盛り込まれているのが、ヒットするケータイ小説の法則だったようです。幸せな恋愛よりも、逆境や刹那的な恋愛に読者は惹き付けられるのです。そして悲恋プログラムが刷り込まれた読者は自らも不幸な恋に走り、ケータイ小説がさらにリアルなドラマを作るという連鎖反応が……。当時ケータイ小説を読みまくっていた女子たちのその後の人生が平穏であることを祈ります。

『セカンドバージン』

大石静

日本 2010年

心に刻みたい愛の名文

男は滅び、女は栄える。
それが真理だってことですね

二〇一〇年にNHKで放映され、回を追うごとに視聴率が高まっていき話題となったドラマ『セカンドバージン』。四十五歳のやり手の女性編集者と二十八歳の既婚エリート男性のラブストーリーです。脚本は、これまでにも女の人生について考えさせられるドラマを作ってきた大石静《おおいししずか》氏。原作が文庫化されていたので読んでみました。紫色のグラデーションが若干、淫靡な大人のエロスを漂わせる表紙です。

物語は、主人公のるいが若い金融マン、鈴木行《すずきこう》の手元を見つめるシーンから始まります。行に出版企画を持ちかけるための会食中、浮気者だった別れた夫の長い指と行の指を重ね合わせ、「指の長い男は不実だ……」という思いをよぎらせるるい。出だしから伏線は張られています。男性経験は別れた夫だけだったと一ページ目で独白していて「セカンドバージン」というタイトルの意味も明らかに。作者も主人公と同じ年代の仕事ができる女性なので、どちらかというと奥さんよりキャリア系の方がひいき目に書かれていて、負け犬的な女性なら引き込まれるストーリー。女の願望や妄想が煮詰まっています。行の妻、万理江《まりえ》（お見合い結婚）は若くて可愛いけれど頭が悪いという設定で、疲れて帰宅した行に、子どもっぽい口調で子作りをおねだり。終わった後は着床しやすいように逆立ちする姿を行はうんざりしたように眺めます。もうこの後の筋書きはだいたい読めて、気持ちがいいくらいにスピーディに展開。

六本木の路上でキス…
トレンディドラマのような展開です
キスして。
そして終わりにして。
トレンディなセリフ
ぎゅっ
四十五歳のるいはバブル世代…ヒロイン体質で自分中心に世界が回っています

出版の誘いになかなか乗らなかった行は金融庁を辞めて証券会社を興し、経済評論家として再スタート。自分の方から改めてるいに出版企画を持ち込みます。しかし彼が書いた『日本の未来と金融市場』という論文調の原稿は、半分読んだだけでゴミ箱に捨ててしまう鬼編集者るい。仕事でも恋愛でも男性に対しては、押して引くのが効果的です。その後、行の方から会いたいというアプローチがあり、食事をする運びに。そこでかたくなな態度を取りつつも、プレゼントしたいので何か欲しいものがないかと聞かれて、「死のような快楽」と答えたるい。その言葉が呼び水となって、二人は唇を重ねます。実際仕事の席で唐突に退廃的な言葉を口走る編集者はあまり見たことがなく、「どうした?」と思われてしまいそうです。ドラマでこの役を演じた鈴《すず》木京香《きようか》でないと許されないセリフですが、トレンディドラマ的には違和感ない展開です。るいは、自分はセカンドバージンでもう二十年男性と交渉していないと告白しますが、関係を終わらせようとして言った言葉が、かえって行を奮い立たせることに。子作りを迫り、あられもない姿で逆立ちする妻よりも、セカンドバージンの熟女の方が奥ゆかしく、もっと言えば締まりが良さそうだと脳下垂体が反応したのかもしれません。年上女性が、若い男性を落とす時に使えそうなセリフです。二人は出張先で偶然出会い、ついにホテルで関係を持ってしまいます。意外と二ページに満たない、さらっとした描写でした。「許し合ったというやさしさと、お互いに同じ重さで求め合っているというしあわせに鳥肌が立った」と、淡々と書かれていて、もっと貪《むさぼ》り合ってほしいのにと、若干物足りないです。熟女があまりにエロいと痛々しくなってしまうので、大人の女のエレガントな性行為を演出したかったのかもしれません。

その後、行と万理江が偶然にるいの隣の家に引っ越して、事態はますます複雑になっていくのですが、ドロドロの設定なのにコミカルな感じです。行とるいができているとは知らずに、隣人のるいに、万理江は、主人は体位も変えてくれないと悩み相談。子作りに非協力的な夫にキレて暴れたりして、るいをあきれさせます。夫婦の間も冷えてゆき、行は離婚を申し出るのですが、万理江が包丁を振り回して「死んでもいいのね！」と暴れたので話し合いは中断。愚かすぎる妻の描写ですが、ドラマ放映時に世間の奥様の反感を買わなかったのか心配になります。

その後、隣家のガラスに映った二人の影や、携帯のGPS機能から、ついに万理江は浮気されていた事実を知ってしまいます。るいの猫を誘拐したり、二人の密会写真を切り裂いて送り付けたり、復讐行為に及ぶ若妻。万理江の恨みの念のせいか、るいは担当の看板作家と喧嘩して、版権を引き上げられてしまうトラブルに見舞われます。さらに週刊誌にリークされ『出版界の鉄の女、若い男と熱愛生活。年の差17歳の大胆不倫』という記事が掲載されてしまいます。辞意を申し出るも、出版社社長に慰留されたるい。いっぽう、行の方はもっと悲惨でした。妻の復讐の手は夫にも及び、メールを盗み見て、法に触れていると思われる記述を検察に密告。彼は金融商品取引法違反のかどで逮捕され、拘置所送りに。自暴自棄になった行は、その後闇の仕事に手を染め、シンガポールでチャイナマフィアによって殺害……。妻の恨みの念というより、思い返せば、るいと関係を持ってから彼の運気は転落の一途でした。二十年セックスしていなかった、積もり積もった女の業を吸収してしまったからでしょうか。やはり年上女との恋愛は危険だと思い知らされました。

『女のいない男たち』

村上春樹

日本　2014年

心に刻みたい愛の名文

すべての女性には、
嘘をつくための特別な独立器官のようなものが
生まれつき具わっている

『女のいない男たち』は、まえがきに書かれているように「いろんな事情で女性に去られてしまった男たち、あるいは去られようとしている男たち」が登場します。「そういう具体的な出来事が最近、自分の身に実際に起こったわけではないし（ありがたいことに）」と村上春樹《むらかみはるき》氏は語っていますが、六つの短編には女性に対する不信感が漂っていて、実際何かがあったのかと深読みしたくなります。

「ドライブ・マイ・カー」の主人公、家福《かふく》の亡くなった妻は、他の男とも次々関係を持っていました。家福は、妻の死後そのうちの一人と会って妻の思い出を語り合い、女性の心の深遠な闇に思いを馳《は》せます。不美人の運転手、みさきに「女の人にはそういうところがあるんです」「病のようなものなんです」と言われ、脱力する主人公。彼の体を黄色のサーブコンバーティブルの革のシートが優しく包み込むのでした。村上春樹作品は、ときどき車への偏愛を感じさせます。女に去られた男を受け止めてくれる存在……車は裏切りません。「イエスタデイ」には、さらっと二股を告白する美人女子大生が出てきます。「シェエラザード」には、家政婦兼性処理係を請け負う太った主婦が登場し、過去、好きな男子の家に度々空き巣に入ったエピソードを告白。じっとりした背徳感が行間にたちこめています。「木野《きの》」は妻に裏切られ会社を辞めたバーの店主の物語で、「女のいない男たち」には、不倫して自殺した女が出てきま

失恋して食べ物を受け付けなくなった
渡会医師
電気剃刀を使って、
先生の髭を剃りました。
濡れたタオルで顔も
拭きました。
献身的に世話をする秘書の後藤との
BOYSLOVE幻想も広がります

す。

とにかく出てくる女は業《ごう》が深く、簡単に他の男と一線を越えてしまっています。実は女性の浮気率が高まっているという最近の風潮を表しているのでしょうか。女に去られた男たちの無気力感が胸に迫ります。性欲がアグレッシブな女たちに対し、男たちは草食系で、文化系男子読者が感情移入しやすそうです。

短編集の中で最も切なかったのが「独立器官」。『椿姫』『アンナ・カレーニナ』などの古典的名作に通じるような、文学的な失恋の表現が胸に迫ります。

主人公の友人である、渡会《とかい》氏が、この小説の中心人物。「内的な屈折や屈託があまりに乏しいせいで、そのぶん驚くほど技巧的な人生を歩まずにはいられない種類の人々がいる。……渡会医師もそんな一人だった」という、アカデミックな書き出しに痺れます。自然体で生きていると自分では信じていながらも、実は虚構の人生を生きている、渡会医師はそんなタイプでした。五十二歳のリッチな美容整形外科医で、結婚願望はないけれど女に不自由したことはありません。都合の良い浮気相手として、複数のガールフレンドと楽しく交際しています。その女たちが他に彼氏や夫がいて肉体関係を持っていてもとくに気にせず、「肉体なんて結局のところ、ただの肉体に過ぎない」と、医師としての見地からも達観しています。そして性行為にも執着せず、ガールフレンドとの楽しい食事と語らいだけでも満足できます。人当たりが良く、礼儀正しく、ユーモアもあり、気さくで前向きな渡会医師は適度にモテ、二股や三股をかけて器用に交際。主人公の谷村《たにむら》氏に「紳士とは、払った税金と、寝た女性について多くを語らない人のことです」と自慢っぽい格言をかますのが気になりますが、好人物を演じながら実はプライドが高い男性なのかもしれません（医者という職業柄）。心が折れたら立ち直れないタイプかもしれない、と不穏な予感が……。

深入りせず気楽な男女交際をしていた渡会医師ですが、ある時、十六歳年下の子持ちの人妻にどハマりしてしまいます。渡会医師は好きになりすぎると辛いので、相手の欠点をリストアップして好意を抑えようとしますが、あばたもエクボで欠点すら魅力に思えてきてしまいます。彼女のことを考えつづけると「消化器系と呼吸器系」がおかしくなる、とか、若いうちにちゃんと恋愛していれば「免疫抗体」が作られていたのに、と医者ならではの視点で恋愛を医学的に分析しているのが興味深いです。もともと渡会医師が深い恋愛をして来なかったのは、アレルギー症状のある食べ物を本能的に避けるように、自分の心身にダメージを及ぼすことを本能的に知っていたからかもしれません。また、文系男子よりも理系男子の方が、不慣れなぶん恋に一途で、一人の人にハマりやすい傾向があるように思います。人妻との深い恋愛によって、自分は一体何者なのか、人間としての価値にまで疑問を持つようになった渡会医師。彼女に会えなくなることを想像すると怒りにかられ、部屋の中の物を破壊したい衝動にもかられます。今まで理系脳で封印してきた、オスとしての本能でしょうか。かつては冷静に女性を観察し、「すべての女性には、嘘をつくための特別な独立器官のようなものが生まれつき具わっている」、その独立器官が勝手に嘘をつくので本体は顔色一つ変わらない、なんて見解を語っていた渡会医師。最終的に彼もその独立器官の餌食になってしまうのです。食虫植物の罠にかかって溶かされる虫のように……。

結局、渡会医師はその女性にとってはナンバー2以下の存在だったことがわかり、激しく絶望。失恋とプライドを傷つけられた二大ショックに襲われます。女性の方は、渡会医師には他にもガールフレンドがいるので、割り切って遊び相手にしていたのでしょう。ただこの小説には、女性側の心情描写がなくて、ただ不倫二股のビッチとして悪者になっている印象です。渡会医師は、他の短編の女に去られた男たちのように車やお酒に逃避できず、何も食べられなくなってしまいます。十九世紀の恋愛小説の登場人物のように、失恋によって心身に深刻なダメージを与えられて、病床に臥《ふ》します。ただ一つの救いは、献身的に世話をしてくれるイケメン秘書、後藤《ごとう》の存在でした。ほのかに漂うBLの要素が一定層の女性読者の心の琴線を震わせます。食べ物が何も喉を通らなくなり、半分以下の体重になって無気力に死んでゆく渡会医師。恋愛に免疫がない理系男子が失恋するとこんな致命傷に……。もしかしたら彼は医師として、恋煩いの恐ろしさを身をもって人体実験していたのかもしれません。作家の主人公に、恋という病の恐ろしさを伝える使命を託しながら……。

西洋文学

『はつ恋』
イワン・ツルゲーネフ

ロシア　1860年

心に刻みたい愛の名文

あなたがたとえ、どんなことをなさろうと、
たとえどんなに僕がいじめられたろうと、
僕は一生涯あなたを愛します、崇拝します

ロシアの貴族たちの恋愛模様を綴った『はつ恋』は、ハリウッドセレブに負けないくらい乱れていて享楽的な物語です。主人公ヴラジーミル・ペトローヴィチは十六歳で大学入学を控える身でしたが、勉強もせず別荘で遊び暮らしていました。ある時、隣に公爵夫人が引っ越してきて、ヴラジーミルがふとその家の庭を見ると、一人の金髪美少女の姿を発見。彼女は四人の青年をはべらせ、彼らのおでこを順番に花束で叩いて、男たちは興奮するというプレイをしていました。その鮮烈な光景を見た瞬間「自分もあの天女のような指で、おでこをはじいてもらえさえしたら、その場で世界じゅうのものを投げ出してもかまわない」と、若干倒錯的な衝動に駆られたヴラジーミル。彼は帰宅してからも興奮を隠せず父親に不審がられながらも、「三遍ほど片足でくるくる回って、髪にポマードを塗りたくって横になるなり」と、恋心で挙動がおかしくなる描写がほほえましいです。次の日、母の使いで公爵夫人の家を訪れたヴラジーミルは、そこではじめて令嬢ジナイーダと対面。二十一歳の彼女は年上の余裕で、最初からヴラジーミルを家来のように扱います。「手をまっすぐにしてらっしゃい！」と彼に手を出させ、赤い毛糸を巻き取る道具として使いますが、その最中にも、ついヴラジーミルは彼女の首筋や肩の曲線に見とれてしまいます。「わたしは、その服やエプロンの襞《ひだ》を一つ一つ、いそいそと撫《な》でたいような気持がした。彼女の靴

魔性の女ジナイーダは自分を恋い慕う
男たちを家に招いてやりたい放題です
キス！
この人に当たったわ
くじ引き
王様ゲームの発祥は十九世紀のロシア貴族
社会かもしれません

の先が、その服の下からのぞいている。わたしはできることなら、うやうやしくその靴にぬかずきたいとさえ思った」と、十六歳にして変態チックな願望を抱いたヴラジーミル。「ぬかずく」とは耳慣れない動詞ですが「額を地面に付けて拝むこと」だそうで、彼はどうやらMのようです。そんな彼の本質を瞬時に見抜き、彼が喜ぶような扱いをしたジナイーダは男心を熟知していてさすがです。近所の縁で家族ぐるみの付き合いが始まり、ハンサムな父親を彼女に紹介。ヴラジーミルの母親は公爵夫人が俗っぽいと気に入らないようでしたが、気軽に家に遊びに行けるような関係になりました。

しかしジナイーダの家に行くと、彼女はいつもメンズをはべらせていて逆ハーレム状態でした。それも、マレーフスキイ伯爵、医者のルーシン、詩人のマイダーノフ、退職大尉のニルマーツキイ、軽騎兵のベロヴゾーロフと、結構地位の高そうな男性ばかりです。ジナイーダは「罰金ごっこ」「縄まわし」「比べごっこ」など、次々とハレンチな遊びを思い付き、男たちに従わせて女王様のように君臨。そういえばロシア男性とのハーフの美少女（友人の娘）が幼稚園生にして「男の子なんて遊び道具みたいなもの」と言ったエピソードを思い出しましたが、ロシア女子には生来魔性が備わっているのかもしれません。ロシアの女性はわりとすぐに肥大化してしまうので、若くて綺麗なうちにやりたいことはやっておくスタンスなのでしょうか。

それにしてもジナイーダはやりすぎで、男性をうつ伏せにさせてその上に立像のように乗ってみたり、熊の着ぐるみを着せて塩水を飲ませたり、手を出させてピンで突き刺したり、生殺し状態で弄《もてあそ》んでばかりですが、彼女に恋する男たちは皆言いなりになっています。しかしSな女王様キャラに見えるジナイーダも、内心は逆の願望を抱いていました。「わたし、こっちで上から見下ろさなくちゃならないような人は、好きになれないの。わたしの欲しいのは、向うでこっちを征服してくれるような人」と、ある時ヴラジーミルに打ち明けます。

自分は彼女に愛されないと思って悶々とするヴラジーミル。彼の苦悩を増幅させたのは、別の人に恋しているらしいジナイーダの切ない表情です。ある日、彼女の部屋に行くと、頭をテーブルのふちに押し付けて泣いているジナイーダの姿を目撃します。ジナイーダはいきなりヴラジーミルの髪の毛を摑んでぎりぎりねじ回し、痛がるヴラジーミルに「おや！　痛いって！　じゃ、わたしは痛くないの？　痛くないって言うの？」と逆ギレしながら髪の毛をむしり取るという暴挙に。

また、ある時は、自分を愛しているなら塀の上から飛び下りるように命じ、三、四メートルの高さから飛び下りさせたこともありました。八つ当たりのようにヴラジーミルをいじめるジナイーダですが、それには理由がありました。ある日、森の中でヴラジーミルは父とジナイーダが一緒にいるところを目撃。ジナイーダは青ざめていて、恋患いの表情をしていました。その後も、父が夜中にジナイーダの部屋に忍び込む決定的なシーンを見てしまい、ヴラジーミルの「はつ恋」は玉砕。父の浮気が母にもバレ、一家は別荘を引き払ってモスクワに引っ越すことになります。最後ジナイーダに別れを告げに行き、「あなたがたとえ、どんなことをなさろうと、たとえどんなに僕がいじめられたろうと、僕は一生涯あなたを愛します、崇拝します」と宣言したヴラジーミルに、彼女はご褒美のキスを与えました。最後までMを全うしたヴラジーミル。はつ恋の思い出はプラトニックのまま封印されました。安易に体の関係を持ってしまった父親よりも幸せだったかもしれません。Mになれば、どんな辛い恋も快感に変わるという恋愛の極意を教えてくれる名作です。

『アナスタシア』

ウラジーミル・メグレ

ロシア　１９９６年

心に刻みたい愛の名文

調和《ハーモニー》の世界が、
私にたいするあなたの態度、
あなたの中に湧き起こった欲望を
理解できなかった。

日本ではほとんど知られていませんが、ロシアでは一〇〇万部を超える大ベストセラーで、世界二十カ国で翻訳・出版された『アナスタシア』。実業家ウラジーミルがシベリアの森で暮らす美女、アナスタシアと出会い、人生観が変わる物語。実話ということになっているロマンチックでスピリチュアルなストーリーです。

ウラジーミルはペレストロイカ後のロシアで成功した起業家。シベリアのオビ川に船を出し、交易のために北極圏の街に向かいます。川の横にはタイガと呼ばれる広大な針葉樹林帯が広がっていました。ある時、小さな集落の近くに停泊したウラジーミルは、シベリア杉の持つ癒し効果について強く訴えてくる奇妙な老人と出会います。その時は迷信だと相手にしなかったのですが、調べると実際に杉には健康効果があることがわかり、ビジネスチャンスを感じて翌年またその地域を一人で訪問。そこで、老人のひ孫だという美女アナスタシアと出会い、彼女にシベリア杉の森に案内してもらうことに。若き実業家と美女、スピリチュアル系の本だけれど何か起こりそうな予感に胸が高鳴ります。「タイガの中を二十五キロ歩くの。いいかしら?」と有無を言わせない感じでずんずん奥地に進むアナスタシア。森ガールの究極的存在です。森の中で育って無邪気な彼女は、男性と二人きりなのに(そして気温十二度なのに)上着を脱ぎ、チュニック一枚になって横たわります。書いてありませんが、おそらくノー

薄いチュニックで横たわるアナスタシアにムラムラしたウラジーミル。しかしふれた瞬間失神！！
ガーン
エロスと恐怖で洗脳、そのあと優しく介抱されたら完全にハマってしまいそうですブラだったと推測されます。その美しさ、しどけない肢体に刺激されたウラジーミル。「彼女はなぜ服を脱いだのか。なぜこんなにも誘惑的に美しく草の上に横たわっているのか」「そのとき男に何ができるのか。肉体的な欲望と闘って無関心を装い、女性に恥をかかすべきなのか」と悶々と思いをめぐらせ、ついに事に及ぼうとしますが、抱き寄せた瞬間失神。スピリチュアル女性のオーラには電流が走っているのでしょうか。混乱するウラジーミルにアナスタシアは「調和《ハーモニー》の世界が、私にたいするあなたの態度、あなたの中に湧き起こった欲望を理解できなかった」と素人《しろうと》には理解不能な説明をします（このセリフ、好きじゃない男性に言い寄られた時に使えそうです）。誘惑しておいて、とキレるウラジーミルに、「私にとって、服を着ている状態はとても居心地が悪いの」と、あくまで天然のアナスタシア。

彼女の超人的な属性はそれだけではありませんでした。三日間共に過ごす間に、都会人ウラジーミルはアナスタシアの自然児ぶりに驚かされます。裸足で森の中を歩いても傷つかず、後ろ向きに歩いてもぶつからない。住居を持たず、草地に住んでいる。指をパチンと鳴らすとリスが木の実を持ってきて皮までむいてくれる。野生の熊を暖房がわりに使う。でもほとんど寒さを感じない。狼と走り回って遊ぶ。朝、木の幹を叩いて降ってきた露を浴びて保湿する、など……。都会ですれてしまった自分にとっては半信半疑というか、ウラジーミルは森の奥で幻覚キノコでもキメていたのではないかという疑念が浮上します。

ところでアナスタシアは「ほとんどいつも、彼女はまったく衣服を身に着けていないか、ほんの少し身に着けているかといった感じ」と、さらっと書かれていますが、美女があられもない格好でウロウロして生殺し状態です。それでもなかなか手を出せなかったのは、最初の失神のトラウマと、アナスタシアの奇行（朝起きて歓喜の叫びを上げたり、熊と相撲を取ったり）がネックになっていたのでしょう。でも、アナスタシアは、奇妙な行動で驚かせるだけでなく、ちゃんと人生の叡智《えいち》を与えてくれます。目に見えない光線の力を借りて遠隔透視する技、夢をコントロールする方法、テレパシー、植物の植え方、養蜂について、星空とのコミュニケーション、etc.。種をまく前に自分の口の中に九分以上入れておくと自分の体に合った野菜が育つとか、夜寝る前にヤマホウレンソウかイラクサの汁を二、三滴垂らした水で足を洗うと良いとか、ほぼ実行不可能な暮らしの知恵が多いですが、大自然の恵みによってアナスタシアの完璧な美しさは保たれているのです。

そしてついに、読者が薄々期待していた展開に。二日目の夜、隣り合って眠る二人。ふと、アナスタシアから漂ってくるかぐわしい香りに刺激され、自分との間に男の子がいたら……とウラジーミルは夢想します。しかし現実問題ウラジーミルには妻がいました。前日の透視実験で二人はウラジーミルの奥さんの姿をイメージしたりしていたのに、その後こんな展開になるなんて……。アナスタシアはただのスピリチュアル系ではない魔性の女です。気付いたらウラジーミルはアナスタシアの胸に触れていて、彼女も抵抗せず、キスしてそのまま行為に発展。「私は言葉を超えた大いなる感覚に包まれた」「偉大な創造的感覚とでもいうようなものに満たされていた」と、ラブシーンの詳細については綴られていませんが、とても良かったことが伝わってきます。しかし余韻に浸るウラジーミルに、アナスタシアは、呪いじみたショッキングな報告をしました。彼との素晴らしい行為の後、もう破滅的で快楽のためのセックスはできない体になってしまった、と。「闇の勢力の、精神性を低下させ肉欲をかりたてるメカニズムはとても強力で、それが人々に不幸と苦痛をもたらしている」と陰謀論を突如語りだすアナスタシア。そして、もう快楽の行為ができないと知ったウラジーミルは「きみは人生最大の楽しみを私から奪った」と激怒します。やはり二人の波動にはギャップが……。でも、何度ケンカになりかけても、どんなにヤバい女だと思っても、結局言いくるめられて洗脳されていくウラジーミル。彼女の教えを書いて本にする位なので相当です。それはアナスタシアの美しさが絶対的な力を持っているからでしょう。男は結局、美女に弱い、そんな永遠の法則も、この本の叡智の一つです。

『ナジャ』

アンドレ・ブルトン

フランス　1928年

アンドレ？　アンドレ？
……あなたはあたしのことを小説に書くわ。
きっとよ。いやといってはだめ。

シュルレアリスムの主導者である作家で詩人のアンドレ・ブルトン（イケメン）が恋に落ちたファム・ファタルについての物語『ナジャ』。インテリだけあって、前フリが長くてやたら難解です。「私についていうと、精神がある種の事物配置に出会うことよりも、ある種の事物に対するある精神の配置、つまり心の傾きのほうがいっそう重要である」……こんな小難しいことを考えている、手強すぎるアンドレを一瞬で骨抜きにしてしまったナジャとはいったいどんな女性なのでしょう。

二人の出会いはパリのラファイエット通り。ぶらぶらしていたアンドレの前に、不思議なオーラを放つ一人の女性が現れます。華奢《きやしや》な体型だけれどみすぼらしい服を着て、アイラインにやたら力を入れた奇妙な化粧で、微笑みのようなものを浮かべているブロンド美女。「いまだかつてこんな目を見たことがなかった」と思ったアンドレは迷わずに声をかけるところがさすがフランス男子です。カフェに入って身の上話を聞くうちに、彼はますます彼女の目に魅了されます。「この目のなかにぼんやりとうつしだされる苦悩のようなもの、同時にきらきらとうつしだされる倨傲《きよごう》のようなものは何なのか？」ナジャと名乗るその女性は、母には修道院に行くと嘘をついてパリに出てきたと語ります。ナジャが別れ際に放った「私にはさっきからとてもよく見えはじめていました。それは本当にひとつの星、あなたがそこにむかって進んでいるひ

アンドレ・ブルトンはパリの街角で見かけた美女
をナンパ
それがナジャでした
あなたは誰？
なぞめいた笑み
私はさまよう魂…
その一言でカリスマ作家の
心をノックアウト…それにしても
美人にしか許されないセリフです
ドキッ

とつの星でした」という抽象的な言葉が彼を感動させ、二人は次の日も会う約束をします。翌日のナジャは、みすぼらしい格好ではなく、エレガントな服に帽子をかぶっておしゃれしていました。前日は、ちょっとそこまで出歩く感覚で油断してモッサリした格好だったのかもしれません。そんな時こそ、運命の人との出会いがあるかもしれないので要注意です。フランス北部の田舎町出身のナジャは、フランス女として詰めが甘かったようです。でも、前日とのギャップがアンドレには好印象で、一緒に詩を読んだり、昔の恋の遍歴を話したりして交流を深めます。そして会って三日目でキス……。しかしそれはアンドレにとって「なにか不吉な前兆のある接吻《せっぷん》」でした。ナジャの言動はエキセントリックで、闇の中に幽霊らしき人影を見て「死人ばかり、死人ばかりだわ!」と叫んだり、「こわいわ! 木立のなかにあらわれるものが見える? 青と風、青い風」と怯《おび》えたりします。元祖スピリチュアル系女子です。でも、彼女はオカルト発言だけではなく、詩的な言葉でアンドレの心を摑みます。テュイルリー庭園の噴水を見た時には、「すぐに溶けあって、おなじ力にまたとらえられて、もういちどあんなふうに伸びあがって砕けて、あんなふうに落ちてゆく……」などと叙情的な表現をして、「ナジャ。なんて不思議なんだ!」と彼を驚嘆させます。

ある晩、ナジャはアンドレに「あなたはあたしのことを小説に書くわ。きっとよ。

いやといってはだめ。気をつけるのよ、なにもかも弱まっていくし、なにもかも消えさっていくんだから。あたしたちのなかの何かがのこらなければいけないの……」と、予言めいた意味深な言葉を投げかけます。「あたしのことを小説に書く」、小説家にとっての殺し文句です。本に書かれることを意識してか、それとも本当に天然なのか、ナジャの発言はますます詩的になっていきます。「あたしは鏡のない部屋のなかで浴槽に浮いている思考なの」「わたしの呼吸がとまると、それがあなたの呼吸のはじまり」「ライオンの爪が葡萄《ぶどう》の胸をしめつける」「どうしてあの天秤は、炭団《たどん》のいっぱいつまった暗い穴のなかで揺れていたのかしら?」etc.……。酔っぱらって朦朧《もうろう》としても、こんな素敵なことはなかなか言えません。「私は最初の日から最後の日まで、ナジャをひとりの自由な精霊としてとらえていた」と、アンドレは後に語っていますが、透明感あふれる神秘的な精霊と称されるのは、女にとって嬉しい褒め言葉です。

ナジャは最終的に幻覚の症状がひどくなって精神病院に入れられてしまうのですが、狂気寸前の危うい言動がアンドレを惹き付けていたのでしょう。頭が良すぎて考えていることが不可解なインテリ男性は、自分よりも意味不明で不思議な存在を見ると、深く解明したくなってハマってしまうのだと思われます。知的な男性を落とすには天然っぽい言動が効くようです。

『怖るべき子供たち』

ジャン・コクトー

フランス　1929年

心に刻みたい愛の名文

彼らが死の中で自由な身となる
すばらしい瞬間を待ちうけていた。

生まれながらの詩人で、憧れのフランスのセンスを体現する存在であるジャン・コクトー。十歳の時から天才ともてはやされ、十六歳で詩人として世に認められた早熟のイケメン作家です。彼は、自分の作品は全て詩だと、素敵なことを語っていました。小説の詩、劇の詩、図形の詩……。日本人でコクトー好きは意外と多いらしく、フランスを旅行した知人が、日本人だと言ったらアンティークショップの主人にすぐコクトーのリトグラフを出してこられ、買わされたと語っていました。見せてもらったら、ラフな落書きっぽいのにすごくおしゃれで、絵でも小説でもほとばしるコクトーのセンスに戦慄《せんりつ》を覚えました。七十四歳で亡くなるまで（意外と長生き）、永遠の〝怖るべき子供〟だったコクトー。彼が阿片《あへん》中毒の治療中、四十歳の時に書いた中編小説『怖るべき子供たち』は悲劇的で耽美《たんび》な代表作です。

小説は絵になる感じで雪合戦のシーンからはじまります。病弱な少年ポールは、中学のガキ大将的存在ダルジュロ（といってもジャイアンみたいな外見ではなく美少年）に、強い憧れの気持ちを抱いています。「それは救いようのない、漠然とした、けれども激しい不幸であり、性も目的もない清浄な欲望であった」そうです。ポールはダルジュロに自分の勇姿を見てもらいたいと無謀にも考え、雪合戦の輪に飛び込んでいきます。彼の存在はダルジュロのS心を刺激したようで、思いきり雪つぶてを投

この小説の登場人物は恋愛で悩むとすぐ病気になります
ラララ。。
あのひとはあたしを愛していない……
さすがフランス人、人生における恋愛の比重が高すぎです。日本人にとっての仕事のように……

げつけられたのが胸に当たって、吐血し失神。弱すぎです。しかしそんな彼の姿に密かに萌えるもう一人の少年、ジェラールがいました。ジェラールはポールを介抱し、家に送って行きます。「ポールを連れて行ってやる。この夢想は、恍惚《こうこつ》とした法悦《ほうえつ》の中に彼をゆすぶった」と、付き添っているだけで興奮しているジェラール（普通に見えて実は彼が一番変態かも……）。「こいつは空想にふけってるのだろうか？」手を握りながら、ぐったりしているポールを見つめます。いきなりボーイズラブの三角関係ができていて、上級者向けの展開です。

フランス小説らしく、人間関係は登場人物が増える度、複雑に絡み合っていきます。ポールには生意気で意地悪だけれど美少女の姉、エリザベートがいました。「あんたたち大嫌いだわ！」と具合の悪いポールと付き添いの親切なジェラールを罵倒。さらに話の流れとは関係なく唐突に、足を頭より高く上げて見せ「もう二週間も練習したのよ」と、奔放すぎです。エリザベートとポールは二人とも感情的で、お互い憎まれ口を言いながらも愛し合っています。二人だけの暗号のような言葉もあり、エリザベートが時折ポールに「あんた出かけているの？」と聞くのは、「放心によって作られる夢遊的状態」を意味しています。ポールには夢遊病の気がありました。美少年にしか許されないような症状です。母親は夫に捨てられ病気に臥せっていて、子供たちは雑然とした家の中、耽美な空想に浸ったり、放心状態に逃避して生きていました。そしてついに病気の母親が死に、監督者のいない生活に……。

ポールは放心状態になったり、痙攣《けいれん》したり、何病かよくわからないながらも衰弱して床につき、エリザベートは、自分がいないと生きていけない彼の姿に、支配欲や優越感を満たされ、優しい声で看病します。二人の世界は完結しているように見えましたが、いつしかエリザベートに恋心を抱くようになったジェラールが絡んできました。大金持ちの伯父を説き伏せ、ポールとエリザベートを旅行に招待します。旅行中、姉と弟は表面上は行儀よく振る舞いながらも、目を離すとやりたい放題で怖るべき子供ぶりを発揮。お風呂の順番を巡って争ったり、食卓の下で蹴り合ったり、別のテーブルの子供に怖ろしいしかめ面をして泣かせたり、水を出しっぱなしにしたり、椅子を振り回したり……。ポールもエリザベートとやり合っている時は元気です。そして常識人のジェラールは振り回されてばかりでした。でも、なんとか仲間になりたくて、二人の指示に従って万引きを決行。書店で本を盗んだのに満足してもらえず、もっと難しいジョウロを盗んでこいとムチャぶりされます。部屋には、ねじ回しやズックの靴、窓掛の輪など盗品が積み重なっていました。万引きの快感を覚えられないと怖るべき子供たちの仲間に入れません。

旅行から帰ってからも、ポールとエリザベートは激しい喧嘩というかプレイを繰り広げます。エリザベートはポールが好きなエクルヴィス（ザリガニ）を見せびらかして挑発し、苛立ったポールが牛乳を投げつけたり、でも結局エリザベートは眠っている彼の口に優しくエクルヴィスを押し込んだり、シュールにじゃれ合っています。牛乳とかザリガニとかアイテムが子供らしいのに少し安心。傍観者のジェラールは「このひとったら、寝ぼけながらかんでるのよ！　ごらん、ジェラール」とエリザベートに親しげに話しかけられ、内心喜びます。

ある時、外の世界に出たくなったエリザベートは洋服屋のマネキンとして働きだします。そこでアガートという少女と知り合い、部屋に連れてきます。ポールは好きだったダルジュロとアガートが似ていることに気付き、動揺。アガートはコカイン中毒者の娘というわけありな過去がありましたが、ポールやエリザベート、ジェラールの中にとけ込みます。ポールとエリザベートは麻薬に頼らずとも脳内でトリップできる成分を持っていたのです。怖るべき子供たちの条件は、麻薬を自前で作れることです。

しかし、ポールはアガートへ好意を抱くようになってから、うまく放心状態に入れなくなって苛々するように。いっぽうでアガートもポールに恋心を抱いていました。

ある時、恋わずらいで寝込んだアガートからポールへの気持ちを打ち明けられたエリザベート。咄嗟《とっさ》に本能にかられて、三人にそれぞれ嘘を吹き込んで、アガートとジェラールをくっつけることに成功します。「そうしなければならなかったのだ」と、エリザベートは自分に言い訳するかのように繰り返します。エリザベートはポールを独占したかったのでしょうか。黒い毒薬の球を手に入れて、一緒に盛り上がれる特殊な感性の弟を……。それもあるでしょうが、エリザベートが述懐するように「彼らを助け、彼らの知らない間に困惑から引き出してやった」のかもしれません。怖るべき子供のまま生きてきて、大人になれない姉と弟。普通の人が彼らと結婚しても平凡な幸せは得られなさそうです。現に、エリザベートが短期的に結婚した大金持ちのミカエルは、自動車事故で死亡し、いろいろ援助してくれたジェラールの伯父も死去。呪われています。

そしてストーリーは悲劇的な末路へ……。失恋し絶望して毒薬を飲んだポール、嘘がバレて責められ自殺を図ったエリザベートと、震えて助けを呼ぶアガート。でも死に魅入られていた姉と弟は、実は最高のエクスタシーと共に昇天していったのかもしれません。死に際して人は脳内麻薬を大量に分泌するといいます。怖るべき子供たちにとっては死すらも遊戯でした。阿片にハマったコクトーの自戒の念を感じさせる作品です。

『うたかたの日々』
ボリス・ヴィアン

フランス　1947年

心に刻みたい愛の名文

我々は、あなたは、恋がしたいに違いない。
彼らは、みんな、恋がしたくてしようがないんだ……

おしゃれな文化系男女の本棚には八〇パーセントの確率で入っていそうなボリス・ヴィアンの『うたかたの日々』。「現代における最も悲痛な恋愛小説」とも称されるこの作品を、高校時代ぶりに読んでみました。物語は主人公のコランが家で身支度を整えるシーンから始まります。三ページ目、台所の描写で、「キッチンのハツカネズミは太陽の光線が蛇口にあたる音で踊っており、光線が床の上に霧のように飛び散って黄色い水銀のように小さな玉になるのを追いかけ回していた」と、幻想的な場面が出現し、わけのわからないままめくるめく世界に引き込まれます。続いてスケート場のシーンでも、係員の首が鳩《はと》になったり、女性がスケートしながら卵を産み落としたり、日常の空間に突然異次元の穴が開いたかのように、夢と現実が入り交じってきます。つい、作者が何かキメているのではと疑いの気持ちが芽生え、「ボリス・ヴィアンドラッグ」で検索してしまいましたが、ヴィアンは詩人や画家、ミュージシャンなど様々な表現を手がける鬼才なので、誰も見たことがないような不思議な世界が描けるのでしょう。詩的な文章は視覚的にも気持ちが良く、脳内麻薬の分泌を促します。

背景の世界は非現実的なのと対照に生々しいのが、恋する若い二人のシーン。パーティで美少女クロエと出会ったコランは、彼女を踊りに誘います。「彼女は笑って、

何よりもステキでうらやましいのが主人公の
セレブな生活
運転手付きドライブ
デート
も皮のクッション
病床にも蘭やバラ
など高級な花が大量
に……
食うために働いているんだよ、彼らは
窓の外、銅山の労働者を眺めながら……
サテンの部屋着
この小説に感情移入して泣ける人は富裕層
だというリトマス試験紙にもなります

彼の肩の上に右手を載せた。コランは、首のつけ根のところにさわやかな指を感じた。彼は、二人の体の間があいているのを、脳神経を通して脳髄から送られてきた信号にしたがい、右の二頭筋を収縮させることによって巧みにちぢめた」と、やたら具体的な描写です。夢想にひたっているように見えて、実は綿密に女体へのアプローチ法を計算している男性心理が表れています。

クロエと恋に落ち、結婚を決めたコラン。二人は若くて美しくてお金もあって、完璧なカップルでした。結婚式の日には花を敷きつめた部屋で写真撮影したり、式は盛大でオーケストラが演奏したり、聖歌隊が歌ったり、幸福感はクライマックスに達します。あまりにも美しく幻想的すぎて、この頃から不吉な気配がうっすら漂いはじめます。ブルジョア夫婦がドライブしながら労働者の姿を見て「あんなふうに働いたってあんまりいいことないはずなのにねえ」「習慣でやってるんだよ」とか、バカにしていた天罰が下ったのかもしれません。クロエの肺に睡蓮《すいれん》の花が咲く奇病が発症してしまいます。しかし病床にあってもクロエは美しく、具合の悪さが男性のツボを押さえていて、萌え度が高いです。「もう立てないわ」と倒れ込んでキスをせがんだり、薬を飲むのを嫌がったり、胸をはだけてベッドに寝ていたり……。風邪をひいた時など参考にしたい、愛される病人の振る舞いです。そんな妻のもと、献身的な夫は花束を抱えてお見舞いしますが、願いも虚しく病状は悪化。こうしてクロエは結婚したものの奥さんらしいこともせず、生活感を感じさせないまま、逝ってしまいます。普通に結婚生活を営んでいたら所帯じみて、コランがクロエの加齢感に幻滅していたかもしれませんが、クロエは若く美しいまま天に召されたので恋心も永久保存。亡き妻というのは、男性にとって普遍的な至高の存在です。

最後は、クロエもコランも出て来ないで、唐突に猫とネズミの会話でしめくくられているのが、クロエの死を受け入れられず、錯乱してしまったようで、物悲しく無気味でした。もしかしたら、この小説の幻想的なシーンは、妻との死別でおかしくなってしまった男の幻覚を見せられていたのかもしれません。そう思うとスノッブな世界観への反感が消え、切なさがこみ上げます。男性を錯乱させてこそ真のファム・ファタルです。

『フィフティ・シェイズ・オブ・グレイ』

E L ジェイムズ

イギリス　2011年

心に刻みたい愛の名文

私は支配者《ドミナント》だ。
私はきみに
自分を喜ばせてもらいたいと思っている

『ハリー・ポッター』を超え、たった五ヶ月で世界で六三〇〇万部も売り上げ、映画化もされた『フィフティ・シェイズ・オブ・グレイ』。過激な濡れ場の連続にハマる全米の主婦たちの姿に「マミー・ポルノ」と称されています。作者のELジェイムズは夫と二人の息子がいる元テレビ局役員。「トワイライト」シリーズにインスパイアされて執筆した初の長編小説が大ヒット。写真を見ると太ったメガネ女性で、妄想し続けて四十年といった貫禄《かんろく》が漂います。本の謝辞には夫によせて「妻のこだわりに辛抱強くつきあい、家事をこなしたうえに、最初の編集作業まで引き受けてくれて、ありがとう」と書かれています。小説ではドSの男性が出てきて若い女子を調教しますが、実生活では夫が奴隷のような扱いだったのでしょうか……倒錯した夫婦愛を感じます。

『フィフティ・シェイズ・オブ・グレイ』はハーレクイン・ロマンスのありがちな展開には満足できない、妄想上級者による禁断のラブストーリー。「フィフティ・シェイズ……」という言葉は五十通りに歪《ゆが》んだ性格の主人公の男性を表しています。二十六歳の超イケメン、クリスチャン・グレイは大企業の若き創業者兼CEOでミステリアスな億万長者。ある時女子大生のアナスタシアが学生新聞の取材で彼の元を訪れ、ブロンド美人の秘書たちの中、ブルネットの彼女が新鮮な印象を与えたのか、彼に気

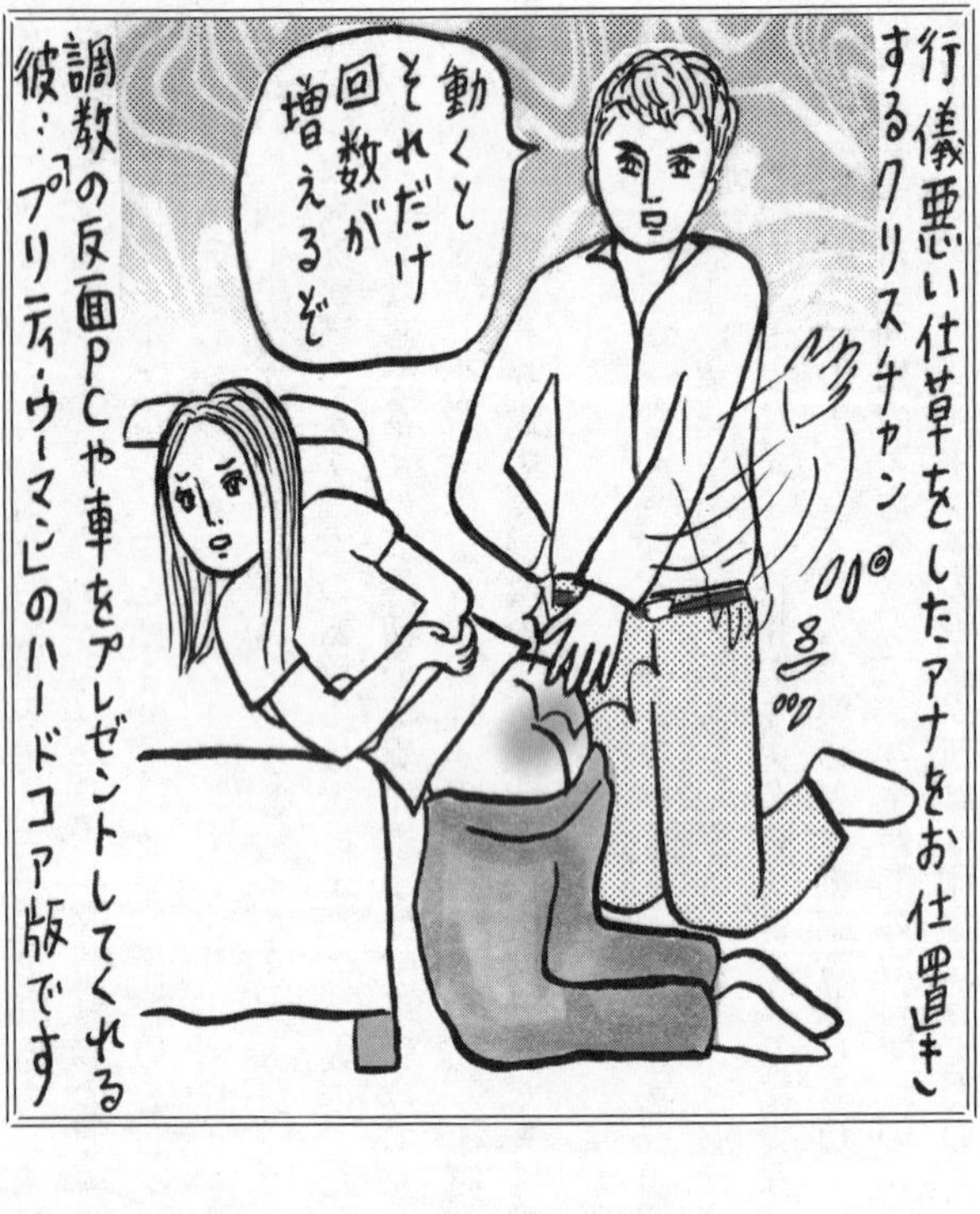
行儀悪い仕草をしたアナをお仕置き
するクリスチャン
動くとそれだけ回数が増えるぞ
調教の反面PCや車をプレゼントしてくれる
彼…「プリティ・ウーマン」のハードコア版です

に入られます（ちなみに作者もブルネット）。社長はさすが行動がスピーディで近くに用事があるフリをして彼女のバイト先のＤＩＹショップを訪問。意味深な笑みを浮かべて結束バンドやロープを購入（今後の展開の伏線）。しかし年上の社長がいきなり訪ねてきてわけのわからない買い物をして普通ならキモいと思ってしまいそうですが、アナの方も彼に対して好意を持っているので話が早いです。「温かくてハスキーな声はまるで……とろけたダークチョコレート味のキャラメルみたい」「ハンサムなんて言葉では足りない。男性の美の化身だ。息を呑むばかりに麗しい」と、ポーッとなっています。

そして少女漫画のような展開に（女子の妄想は世界共通です）。猛スピードの自転車にぶつかりそうになった彼女は「アナ、危ない！」と彼の胸に抱き寄せられ、近くにある彼の唇を見つめてキスされたいと切望します。しかしクリスチャンは「私に近づいてはいけない。君にふさわしい男ではないんだ」と悩ましげな言葉を放ちます。近づいたら危険な男を自称……冷静に考えたら痛いキャラですが、イケメンなので正常な判断ができないアナ。そして彼女にご執心のクリスチャンは、突然『テス』（トマス・ハーディ）の初版本を贈ってきます。この本には、文学作品とか、クリスチャンが好きなクラシックやオペラが出てきて、文学作品としての格調を保とうとしています。読者も、これは単なるポルノ小説ではない、知的な文学なんだと自分に言い訳できます。

さらにクリスチャンは、アナのことを心配して若者同士の飲み会に乱入。シアトルとポートランド間の二八八キロの距離を越えて……社長なのに本当に仕事をしているのか疑わしいです。飲み過ぎて嘔吐《おうと》&失神した彼女を介抱し、ホテルの部屋に連れ帰って服を着替えさせると、またしても女の妄想のツボを押さえたゾクゾクさせる展開です。そしてホテルのエレベーターでついにキス。下腹部に彼の勃起したものが押しつけられ……、しかし車に乗ると素っ気ないクリスチャン。暗い過去のせいで、時々人間的な感情が感じられなくなる時があります。屈折しているところが萌えポイントです。それでもヘリを飛ばして頻繁にアナに会いにきてくれるほどハマっているようです。億万長者を射止めた女子のシンデレラストーリー。しかし事態は不穏な方向へ……。

ある日、ついに彼の部屋に足を踏み入れると、そこは中世の異端審問の部屋のような異様な雰囲気で、壁に拘束具が付けられていて、天井から鉄格子が吊《つ》り下げられて、さまざまなロープや鎖、手錠や鞭《むち》もぶら下がっていました。衝撃で心が麻痺したアナ。「サディストってこと？」「私は支配者《ドミナント》だ」「私はきみに自分を喜ばせてもらいたいと思っている」というクリスチャンの言葉に、アナは、自分が望んでいるのは彼を喜ばせることだったと気付きます。ここでも話が早いです。

秘密の関係についての契約書を提示するクリスチャン。「従属者《サブミッシブ》は、支配者《ドミナント》から与えられた指示に、躊躇《ちゅうちょ》したり迷ったりせず、即座に従うこと」という項目にはじまり、「フルーツ以外の間食はしないこと」「サブミッシブはドミナントが許可した服のみを着用すること。購入費はドミナントが負担」「ドミナントは週4回、1時間ずつのパーソナルトレーニングの費用を負担する」と、衣料費とか美容代を払ってくれるという羨ましすぎる契約。「ハードリミット」として「火を使う行為はしない」「放尿、脱糞《だっぷん》、および排泄《はいせつ》物を使う行為はしない」「針、刃物、ピアス、血を使う行為はしない」「婦人科用医療器具を使う行為はしない」と契約書に書かれていて、これらの行為を除けばソフトなＳＭで楽勝です。しかも「ともかくきみとセックスがしたい」と、ＳＭ抜きで愛撫がはじまり、彼は足をなめたり、全身にキスしたり、乳首に息を吹きかけたりとサービス精神旺盛です。Ｓはサービスのｓ、と言われますが、ドＳキャラのはずのクリスチャンが、念入りな愛撫で性的に絶頂に導いてくれるとは、どこまでも女性の願望に都合が良いキャラクターです。

そしてさらに契約の細かい項目を検討し、緊縛や肛門《こうもん》性交、フィスティング、スパンキング、精液の嚥下《えんげ》、バイブレーター、肛門プラグなどの使用の可否について決めていきます。「少しずつ慣らしていこう」と、クリスチャン。サド侯爵の威を借りて、SM用語が入ると妙に文学的な印象に。後半はさらに激しく、鞭打ち、緊縛、スパンキングプレイが行われますが、最後は必ず挿入して気持ちよくさせてくれるのが人道的です。生活面でも面倒を見てMacBookやブラックベリーやアウディの新車を貸与し、飛行機の便を勝手にアップグレード、就職の世話までしてくれます。命令形であれこれ指図してくるので完全受け身でいられます。そして純真なアナを次第に愛するようになるクリスチャン。ストーリーの根底に流れるのは、王子様とお姫様が結ばれる古典的なおとぎ話。それをSM仕様にしたら大ヒットした今の世の中は相当病んでいるということなのでしょう。

『マリリン・モンロー7日間の恋』

コリン・クラーク

イギリス　2000年

ぼくはマリリンに恋してなどいません。
ハリウッドではどうなのか知りませんが、
ここイギリスでは、恋に落ちるには
一日じゃちょっと足りないんです。

アメリカの芸能界に多大な影響をもたらし続ける伝説の女優、マリリン・モンロー。近年もスカーレット・ヨハンソンやクリスティーナ・アギレラなど、若いセレブがたまにマリリン風へアメイクにしたりするほど、普遍的なセックスシンボルです。そんなマリリンがどんな恋愛をしていたかは、ネットもなく今ほどセレブゴシップ誌も乱発されていなかった当時は、明るみに出ることはほとんどありませんでした。当時の生き証人コリン・クラークが二〇〇〇年に出版した実話小説『マリリン・モンロー7日間の恋』は話題を集め、最近映画化もされました。映画撮影の現場で下っ端だったコリンが、マリリン(当時三十歳)のひとときの慰み者というかアバンチュールの相手としておいしい思いをした経験を綴った本です。

スキャンダル欲に胸を高鳴らせながら読んでみました。一九五六年、大学を出たばかりで二十三歳のコリンは、マリリン・モンロー主演の映画『王子と踊子』のイギリスでの撮影現場に第三助監督として参加しました。しかし現場ではマリリンと共演者ローレンス・オリヴィエとの間がうまくいかず、殺伐とした空気になり、マリリンは情緒不安定になって撮影をすっぽかしたり遅刻しがちに。そんなマリリンの様子を見に、コリンはある夜、彼女の暮らしている家に向かいました。家の中でトイレを探していたら、ドアの隙間からベッドに放心状態で座っているマリリンの姿をかいま見て

半裸のマリリンと川の中でキスし、つい下半身
が反応してしまったコリン
まあコリンったらそれでイートン出だなんてね
作者はこうして時々学歴自慢を入れてくる
のでラブストーリーも興醒めです

しまいます。スターの彼女の弱々しい面を見てしまい、彼女を救いたいというヒーロー願望を抱いたコリン。翌日、撮影現場に現れない彼女を心配して家を再訪。今度は部屋に入ってバスローブ姿の生身のマリリンと対面します。「コリン、あなたはどっちの味方なの?」とマリリンに問いつめられ「ぼくはあなたの味方だし、この先もずっとそれは変わりません」と求められている返答で、信頼を得ることに成功。調子に乗った彼は、マリリンにとってコーラスガールの役は何のチャレンジにもならないと上から目線でアドバイス。さらにポルトガル人のコックにポルトガル語で「コーラふたつ《ドゥアス・コーラス》」と頼んでマリリンに尊敬の眼差しで見られます。撮影現場では下っ端でも実は良家の子息だとアピールするような記述が、本の中でたびたび出てきます。

マリリンは孤独で淋しいんだと、心の中で世界のセックスシンボルを憐《あわ》れむコリン。彼は「金の檻《おり》に閉じこめられ、金の卵を産まされている金のガチョウ」「マリリンはまるで出品用の牝牛《めうし》だ。品評会から品評会へと運ばれ、きれいに飾り立てられ、観客がはやしたてるなか、つつきまわされる」と、マリリンを心配しているように見せて、内心家畜の比喩《ひゆ》で貶《おとし》めているようです。自己保身的な彼は、マリリンに夢中になってしまうのを抑えようとしていたのかもしれません。

そしてある日、車の中に隠れて抜け出してきたマリリンと一日デートを楽しむことに。「ウィンザー城に行ってみましょう。女王陛下がいるかもしれない。そのあとは川を渡って、ぼくの母校、イートン校を訪ねましょうか」と、ここでも自分は特権階級で名門校出身ということをアピール。「すごく楽しそう」と素直に応じるマリリンは、男の優越感を慰撫《いぶ》するテクを心得ています。一般人は立ち入り禁止の城にもコリンのコネで入れたので王室図書館を見学したり、近所の食堂で食事したり、厳粛な空気のイートン校に連れて行ってもらったりします。創立者のヘンリー六世の像がどうとか説明されてもあまり楽しくなさそうですが……。その後、奔放なマリリンは服を脱いで川に入り、目の中に何か入ったので取ってほしいと言って近付いたコリンに水中でキス。男の自慢や自己保身も性欲の前では効力を失い、下半身が反応、マリリンに笑われてしまいます。楽しいデートの後、スタッフに見とがめられたコリンは「ぼくがミス・モンローとご一緒させていただいたのは、ミス・モンローのお招きがあったればこそです」と、即自分を守る言い訳をします。マリリン・モンローの会社のスタッフに、彼女に恋してるんじゃないかと問いつめられても「ぼくはマリリンに恋してなどいません。ハリウッドではどうなのか知りませんが、ここイギリスでは、恋に落ちるには一日じゃちょっと足りないんです」と否定。いちいちスキがない男です。

次の日も具合が悪いマリリンをお見舞いに部屋を訪ね、一夜を共にしますが、自制心が強く何もしないコリンはイギリス版草食男子なのかもしれません。「わたしを愛してる、コリン？」と聞かれても、風や波や太陽を愛するように愛している、とそつのない返事です。しかし夜伽話《よとぎばなし》にマリリンが打ち明けた黒歴史（子ども時代貧乏でネズミという あだ名だったとか、野心が強く、成功のために数多くの男性と寝てきたとか）を、小説の中でさらっと公開するのはひどい気も……。その後も、マリリンにことあるごとに頼りにされ、コリンは「〇〇しなさい」という偉そうな口調でアドバイス。結局、イギリスのイートン出の男性のプライドはハリウッドスターよりも高いのかもしれません。結婚していたり情緒不安定だったり黒歴史がある女性には手を出さない、イギリスのアッパークラス男性の自衛&危機回避能力も見せつけられました。貪欲に愛を求めても得られないマリリンの孤独が身にしみて切ない小説です。

『恋愛指南——アルス・アマトリア』

オウィディウス

イタリア　紀元前3年頃

心に刻みたい愛の名文

愛を求めるときには、
愛のまじわりを望んでいることを、
必ずしも正直に口にしてはならぬ。

紀元前に、すでに恋愛マニュアル本の存在が……。古代ローマの恋愛詩人オウィディウスが、満を持して世に送り出した『恋愛指南』。「誰にもせよこの民のうちで愛する術を知らぬ者あらば、これを読むがよい」といういきなり高圧的な出だしではじまる文体は、当時の教訓詩のパロディだからだそうで、モテテクとギャグの要素を併せ持った高度なエンターテインメント本です。前半、第一巻と第二巻は、男性向けの女心を摑む方法で、第三巻は女性向けに男を引き寄せる方法が書かれています。

さすが詩人とあって、崇高な文学的表現も頻発されていますが、いっぽうで具体的で俗っぽい恋愛テクとのギャップが大きいです。全体的にノリノリで書いていることが伝わってくる軽快な文体です。まず、女をつかまえる場所についてのレクチャーからスタート。「鹿をとらえるにはどこへ網を張るべきか、狩人はよく心得ている」と、男性の狩猟本能をかき立て、「ポンペイウスの柱廊」「メンフィスの神殿」「法廷」「円形劇場」「宴席」「硫黄《いおう》がもうもうと湯気を立てている温泉」などを「女漁りにふさわしい場所」として挙げていて親切です。今も昔も男女が発展する場所はそんなに変わりません。続いて気に入った女をものにする方法について。「まずは、君のその心に確信を抱くことだ、あらゆる女はつかまえうるものだ、との」と、元祖ラテン系はポジティブシンキング。しかし以降、提案される恋愛テクは、男らしいのかという

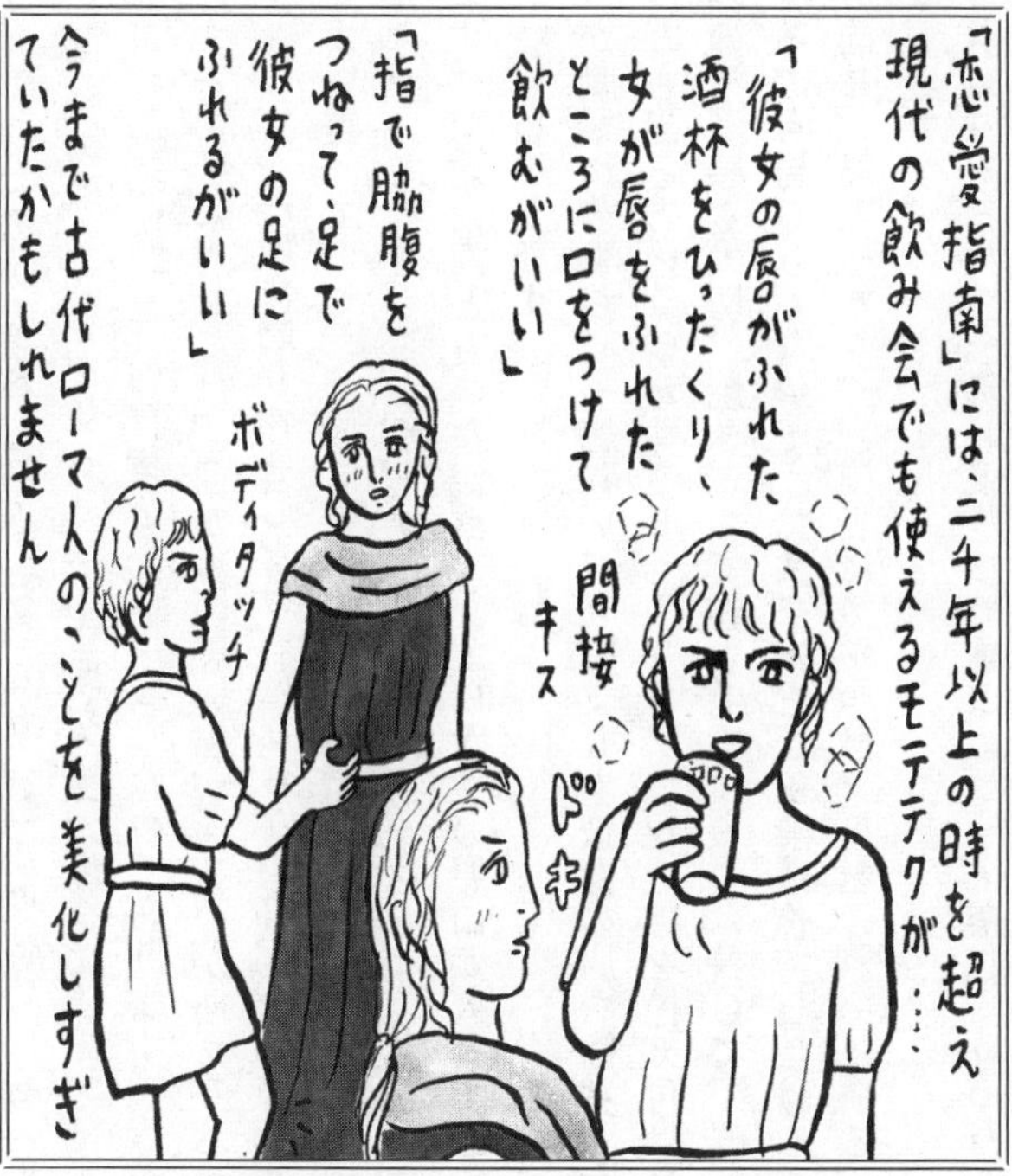
「恋愛指南」には、二千年以上の時を超え
現代の飲み会でも使えるモテテクが……
「彼女の唇がふれた
酒杯をひったくり、
女が唇をふれた
ところに口をつけて
飲むがいい」
間接キス
ドキ
「指で脇腹を
つねって、足で
彼女の足に
ふれるがいい」
ボディタッチ
今まで古代ローマ人のことを美化しすぎ
ていたかもしれません

と、正直セコいような気が……。まず、好きな女の「小間使い」を「丸め込むがいい」。そして、手紙の取り次ぎを頼み、連絡手段をget（場合によっては小間使いと関係を持っても可）。表面的な甘い言葉を手紙にしたためて送ります。しかし誕生日などに贈り物をすることに対しては、何か負の思い出があるのかあまりおすすめしていないオウィディウス。「何か贈り物をしなければならない日、それこそは君にとって厄災の日」とまで言っていて、何度も誕生日が来てねだる女、財貨をかすめ取る女、なくしたと嘘をついて物をもらおうとする女、借り物を返さない女などについて注意を促しています。恋愛指南と言いながら、たまに女性の悪口が入ってきて、逆に若者の恋愛離れを触発しそうです。

　意中の女性が劇場にいたら、一緒にいて、劇よりも彼女の肩を観賞。女性が立ったら立ち、坐《すわ》ったら坐るといういわゆるミラーリングで親近感を植え付けます。男として身だしなみの清潔感も大切。焼きごてで巻き毛にするのはNGで、軽石でこすってすねを除毛するのも男らしくないそうです。ほどよく無造作で日焼けした男性がモテるのは古代も同じ。鼻毛一本なく、口臭に気をつけ、爪をきれいにする、という清潔感も普遍的な要素です。

　宴席では、狙っている女性を熱い眼差しで見つめつつ、楽しく歌ったり踊ったりして自分の存在感をアピール、そして彼女が手を出した料理には続いて手を出し、ここでもミラーリング&指がふれあうスキンシップ。甘いへつらいの言葉や称讃で女性の心を開かせ、時々涙にぬれた頬を見せて（泣けなければぬらした手で眼をこするという姑息《こそく》なテク）、恋心を訴えます。

それでもダメなら実力行使。「女が接吻《せっぷん》を与えてくれなかったら、与えられないものは、奪ったらよかろう」「抗いながらも、女は征服されることを望んでいるのだ」。今までさんざん機嫌を取ってきたから当然いいだろう、とでも言いたげな調子です。「接吻を奪ってからは、満願成就までなにほどのことがあろうか」。「満願成就」……なんとなく卑猥《ひわい》な単語に見えてきます。「力ずくでものにしてもいい。女にはその力ずくというのがありがたいのである」「どんな女であれ、犯されてからだを奪われることをよろこび、さような無法な行為を贈り物のように受け取るものだ」という論には、ちょっと待ってください、と言いたいです。力ずくが無理なら、懇願という手が。「女をものにしたいのなら、愛を請いたまえ」「ではあるが、もし君の哀願によって女が増長しお高くとまっているなと感じたら、目論見《もくろみ》は捨てて、踵《きびす》を返すがよかろう」。芸人が美女に土下座して「お願いします！」と懇願するみたいなことでしょうか。しかし「満願」とか「目論見」とか男性の望みは結局のところ……。「愛を求めるときには、愛のまじわりを望んでいることを、必ずしも正直に口にしてはならぬ」って、やはり体が目当てだったんですね。喧嘩したときも愛のまじわりで解決とか、年増の女性は床上手とか、どんなこともセックスに結びつき「恋愛指南」とかいって、実は「セックス指南」……二〇〇〇年前も男性の本質は変わっていません。と、本気で読むと男性不信になりそうですが、この本は、そもそも教訓詩のパロディだし全てネタだと思った方がいいのかもしれません。「君のからだが白かったら、それは恥というものだ。恋する者はすべて蒼《あお》ざめていなければならぬ」と、だんだん真意を疑う記述が増えてきます。「門に閂《かんぬき》がかけられていて道を塞がれていたら、屋根の穴から身をさかさまにして忍び込みたまえ」「髪を結って二つに分けたら、その分け具合がいいと褒めたまえ」「祈禱《きとう》などは大いにやるがいい」「寝台や居室をお祓《はら》いで浄める老婆を連れてきて、ふるえている手で硫黄と卵を差し出させるのだ」と、シュールなギャグのようです。女性向けの助言でも、「できるだけそなたのからだの欠点は隠しておくがいい。背が低かったら、立っているのに坐っていると思われたりしないよう、坐っていたまえ」と、ネタとしか思えない記述が。そして最後は、女性に向けて、不感症でも感じているフリをしろとか、部屋を暗くしておけとか、またもや下ネタでしめくくられました。本当に岩波文庫なのでしょうか……。結局、人間が恋愛に溺れる姿は滑稽《こっけい》なものだ、ということを俯瞰《ふかん》の視点で書いた、実はやはり高尚な本なのかもしれません。

『デカメロン』

ボッカッチョ

イタリア　1348〜53年

心に刻みたい愛の名文

良い馬にも悪い馬にも鞭《むち》が必要なように、
良い女にも悪い女にも棒が必要だ

以前映画版を観たことがあり、牧歌的なちょいエロ小話に心惹かれるものがあった『デカメロン』。ギリシャ語で「十日物語」を表すこの作品は、十四世紀のイタリアでペスト（黒死病）が蔓延《まんえん》する中、森の館に避難した男女十名が、交代で物語を話すという体裁をとっています。作者のボッカッチョも実際にフィレンツェで伝染病流行の渦中にいただけあって、序文の病気の描写がリアルでグロテスクです。「まず最初にペストの瘤《こぶ》を生じ、未来の死が確実になった徴候として、やがて斑点が現れれば、それはもう死そのものを意味した」とか、道に投げ出された病死者の遺体を食べようとした豚が痙攣して死んだとか、あたり一面に死臭が漂っていたとか、目を覆う惨状が書かれていて読書を中断したくなりますが、この物語の真髄を味わうにはさらに読み進めなければなりません。

それにしてもイタリア人は前置きが長いです。物語を語る一人目の男性の切り出し方など、「当然のことながら、最愛の貴婦人のみなさま、人間のなす事柄は何であれ、万物の創造主たるあの方の尊い讃《たた》えられるべき御名から始めねばなりません」から始まり、本題に入るまで二ページにわたっていました。この大仰な前置きが、単なる小話集ではない、名作感を高めているとも言えますが……。第一話は、死の床にある男性が神に懺悔《ざんげ》する道徳的な話が長々と続き、第二話もユダヤ教徒がキリスト教徒

イタリアの小話集『デカメロン』に出てくる
登場人物は名前からして官能的です
チポッラ修道士
グッチョ
ピヌッチョ
アリスティッポ
チモーネ
ペロット
イタリアンのフェロモンにはかないません

に改宗する宗教的な話、第三話もユダヤ人の宗教に関する寓話《ぐうわ》で、この調子でまじめな話が続くのかと思わせ、第四話で唐突にエロ小話が。「ごく手短に、一人の修道士がまことに慎重に重大な罪からおのれの肉体を解き放ったいきさつを、お話してみようと思います」という出だしで始まった物語は、ある修道士が農夫の娘を連れ込んで戯れていたところ、修道院長に見とがめられ、その修道院長もムラムラと欲望がもたげて続いてその娘を手込めにしてしまうというインモラルな展開に。「(院長は)あまりの重さで娘を苦しめてはいけないと恐れたのかもしれません、彼女の胸の上には乗らずに、彼女を自分の胸の上に乗せて、いつまでも飽きることなく上手になだめてあげたのです」と、婉曲《えんきょく》的で丁寧な表現がかえっていやらしいです。結局、院長の不品行も見られていて、修道士を責められない、というオチでした。森の館の貴婦人たちは顔を赤らめながら聞いていたそうですが、「こういう類の物語が貴婦人たちの前で語られるのはふさわしくないことを彼に示そうとして、やわらかな言葉でたしなめた」ということで、しばらく艶小話は出てこなくなります。

しかし九日目、十日目と、会合の終わりが近づくにつれて、またエロ度が増していきます。男女が長い間一つ屋根の下にいて空気が濃厚になってきたのでしょうか。九日目の第二話は、また修道院のエピソードでした。若い青年が美しい修道女と恋に落ちて、人目を忍んで逢瀬を重ねているのが尼僧院長にバレてしまいます。しかし尼僧院長は尼僧院長で神父としけこんでいて、修道女の罪の現場を押さえようと焦って出て行こうとした時に、まちがえて神父の下着を頭にかぶってしまい、それを修道女に見られて、お互いの罪をなかったことに……、という脱力する結末でした。やはり修道士や尼僧など神聖な職業の背徳的な話は盛り上がるようです。後半は恋愛の話や、夫婦生活の戒め的な話も多いです。夫の警告を無視したせいで狼《おおかみ》に喉元に食い付かれて無惨な姿になってしまった妻の話、「良い馬にも悪い馬にも鞭《むち》が必要なように、良い女にも悪い女にも棒が必要だ」という古代の格言に従って、根性の悪い妻を全身棒で殴って性格を矯正する話など、だんだん猟奇的でSMチックな方向へ……。「手をゆるめるどころか、さらにいっそう激しく、脇腹や、腰や、肩を、つぎつぎに、青《あお》痣《あざ》の接《は》ぎめが見えなくなるほどまでに激しく、打ち据えて、疲れるまで手を休めようとしませんでした」と、非道な夫の行為の話を聞いた人々のリアクションは「しばらくのあいだ貴婦人たちは囁《ささや》きあい、若者たちは声をたてて笑っていた」というのですから、軟禁状態で感覚がおかしくなっているようです。次は、自称魔法使いの男性が夫婦の家に泊まり、妻をよく働く雌馬の姿に変身させると言って四つん這《ば》いにさせてイタズラするというお色気小話。「尻尾をつける段になって、シャツの裾をまくりあげ、人間の種を植えつけるのに使っていた杭《くい》をつかむや、これに合わせて作られていた畝《うね》のなかへ、すばやく差しこんで……」というまわりくどい記述が卑猥《ひわい》すぎます。貴婦人たちはたしなみを忘れて笑い転げたそうです。一日目、エロ小話に顔を赤らめたしなめていたのが、かなりの変貌ぶりです。そして十日目が終わると、翌朝、三人の若者と七人の貴婦人は森の館を後にして、それぞれバラバラに帰途につきます。それまで毎日語り合っていたのにずいぶん素っ気ない解散です。カップルが成立した気配もありません。女性が下ネタで盛り上がると、男性は萎え、恋も芽生えなくなるという大事な教訓を学びました。

『毛皮を着たヴィーナス』

L・ザッヘル＝マゾッホ

オーストリア　1870年

心に刻みたい愛の名文

私を足で踏んづけて下さい！
本気で私を痛めつけて下さい
私を愛しているなら、残酷に扱って下さい

SMのS、サド侯爵はよく知られていますが、逆にマゾはレーオポルト・フォン・ザッヘル＝マゾッホという十九世紀のオーストリアの作家から発祥したことはそこまで知られていないかもしれません。そんな日陰感がマゾによく似合います。そしてマゾッホという名前自体、後付けかもしれませんが変態っぽいです。著者の写真の暗い瞳&鼻ヒゲ具合も……。

『毛皮を着たヴィーナス』はマゾッホの代表作で、崇高な文体で被虐の悦びが書かれ、本人の恋愛体験も小説の題材になっているセンセーショナルな小説です。主人公の青年、ゼヴェリーンは趣味程度にアートをたしなむディレッタント。彼には特異な性癖がありました。それはヴィーナスの石像のもとに夜な夜な通うという禁断の恋。冷たい大理石の彫像にどんなに愛を乞《こ》うても無視されるだけ……この時の放置プレイから被虐の快感に目覚めていったのかもしれません。さて、そんな彼の滞在するカルパチアの保養地の館には若くて美しい大金持ちの未亡人が住んでいました。ある夜、ふとその未亡人、ワンダが彫像そっくりの姿で立っているのを見てから、彼は彼女に心惹かれるようになります。色白で美しい未亡人は庭園でひとり声をあげて笑っていました。そして、彫像マニアのゼヴェリーンを奇人呼ばわりしますが、彼女の方も相当おかしいです。「私の理想はギリシア人の晴れやかな官能性――苦痛なき歓喜《よろこび》です

奴隷をいためつけるための三人の黒人女を雇い手伝わせるワンダ
こいつをそこの柱に縛りつけて
ドM男子に対して至れり尽くせりで……Sはサービスのsだと痛感させられます

の。――中略――官能の世界を敵に回した精神の闘争、それが近代人の福音書ですのね。私はそんなものは願い下げですわ」と、延々難解な恋愛論を展開します（要約すると世間の常識には従わない、という内容でした）。退屈を持て余し未亡人をこじらせてしまったのか……。奇人同士お互い何か通じるものがあったのでしょう。二人の仲は急速に深まり、ゼヴェリーンがワンダの奴隷になるというところまで話が進みます。「あなたが私のものに、永遠に私だけのものにならないのなら、私があなたの奴隷になろう。あなたにかしずき、あなたのすべてに耐えよう」と我を忘れるゼヴェリーン。この小説には「かしずく」以外にも「ぬかずく」「ひざまずく」など奴隷的な動詞が頻出します。

ともかく、ゼヴェリーンは奴隷を志願し、女王ワンダを崇め奉りつつうまく乗せて、鞭を買ってもらった上、威厳漂う毛皮を着てもらって、ついに念願のプレイが始動。「お黙り！　奴隷！」「さあどうだい、気持ちが好いだろう、奴隷め？」と鞭打たれ、痛みに恍惚とするゼヴェリーン。「お前の呻《うめ》き声、あさましいあがきの声が聞きたい」とワンダもノリノリですが、若い女性が鞭を振るい続けるのも結構な労働です。しかもゼヴェリーンのリクエスト通りの服装で……。よく言われる「Sはサービスの S、Mは満足のM」という言葉に納得です。「あなたの気ちがいじみた妄想はかなえて差し上げたわ」と次の日可憐《かれん》な未亡人に戻ったワンダに対し、「私はあなたの奴隷なのです!」と叫ぶゼヴェリーン。「私を踏んづけておくれ、お願いだ。でなければ気が狂ってしまう」としつこく食い下がります。奴隷のほうがご主人様を調教し、次第にワンダの中の残虐性が花開いていきます。そしてついに奴隷契約書を作成。ゼヴェリーンはワンダの望む期間奴隷になり、人としての権利を放棄。犬並み、いや物として扱われることを承諾します。二人はそれまで恋人同士のようにイチャついたり、結婚の話が出ることもありましたが、奴隷契約書を作ってからは、ゼヴェリーンは「お前」呼ばわりでぞんざいに扱われ、ワンダは他の男性に平気で目移りするようになります。ワンダが気になる美男子の公爵の名前や住所を奴隷ゼヴェリーンに調べさせたり……。苦しむゼヴェリーンの姿にほだされ、ワンダは一時的に優しさを見せたりしますが、すぐに気まぐれに高圧的な態度になり、グレゴールという名前に勝手に改名させ、旅先では従僕扱い、三等列車や暖房なしの部屋をあてがいます(一応ゼヴェリーンも貴族なのに……)。ワンダは飴《あめ》と鞭を使い分け、優しく愛撫やキスをしたと思ったら、唐突に「お前は退屈よ」と平手打ちしたりして、ゼヴェリーンを翻弄。彼は彼女の重たい毛皮に包まれると、牝《めす》熊に襲われているような錯覚さえしてくるのでした。

すっかり奴隷根性がしみついたゼヴェリーンですが、実はまだ契約書にサインしていませんでした。ある日、別荘の一室にゼヴェリーンは呼び出され、契約書の書類を見せられます。その内容は、奴隷としていかなる命令にも従い、虐待されても殺されても文句は言わない。ワンダの無制限の所有物となる、というもの。わざわざ書類を作るなんてS女はサービス精神豊かです。署名をしてから、パスポートとお金を取り上げられ、拷問が激化。ワンダに雇われた黒人女三人によって縛られて鞭打たれます。ワンダの言葉責めも絶好調に。「これからは本気だよ、この薄野呂め！　お前は笑い物のおたんこ茄子《なす》さ」。おたんこ茄子、今あえて使ったら新しい表現かもしれません。「いまに鞭の雨で犬のようにクンクン泣かせてあげるから」。それにしてもこうやってアドリブで罵倒するのにもボキャブラリーや教養が求められます。完全受け身でラクなゼヴェリーンよりも、ワンダの方ががんばっている感じです。ゼヴェリーンは奴隷としてワンダに奉仕しますが、少しでも粗相すると足蹴にされたり鞭打たれたり……でも官能的で酷薄で美しい彼女に心酔しているので意のままに従います。ワンダがドイツ人の画家を誘惑したのまでは耐えられましたが、超美青年のギリシア人と深い仲になるのには耐えられず、ゼヴェリーンはついにキレてしまいます。そして急にワンダが優しくなったと思ったら嘘で、ギリシア人が出てきて一緒にバカにされ鞭打たれたり、一悶着《ひともんちゃく》あった後、もう完全に縁を切ることにしたゼヴェリーン。やっと洗脳が解けました。

しかし三年後、ワンダからゼヴェリーンに手紙が。「あなたは私の鞭の下で健康を恢復《かいふく》したのではないかと思います」と書かれていて、ゼヴェリーンも彼女のおかげで健康をとり戻したことを痛感。えっ、鞭で打つ行為は健康法だったんですか……。たしかに血行は良くなりそうですが。官能的なプレイが最後、民間療法みたいになって脱力しました。鞭打ちプレイの敷居を下げて、裾野を広げる啓蒙的作品です。

『セックスとニューヨーク』
キャンディス・ブシュネル

アメリカ　1996年

どうしてあなたは
「愛している」って言わないの？
……怖いからさ。

もはや社会現象となった『Sex and the City』。出演者たちが映画の公開に合わせて来日した当時、「世界各国でウーマンリブ運動をやっているような気持ちになる」と語っていたのが印象的でした。都会で働くタフな女性たちの恋愛事情を描いたこの作品には、元になるコラム集がありました。『セックスとニューヨーク』というタイトルで、クールな文体で刺激的なエピソードが綴られています。

しかしこの本はいきなり、「マンハッタンでは恋愛はできない」と否定から入っています。おしゃれな生活や体面を守るため、都会人は簡単には恋に落ちることができなくなっていて、かわりに友情や仕事の潤滑油としてセックスが行われているとか。ドラッグやお酒、様々なイベントなど街には誘惑があふれ、恋愛なんて面倒臭いと敬遠されています。「わたしたちは朝の七時にちゃんと朝ご飯を食べ、恋愛などあっという間に忘れてしまう」「誰もが大勢の友人や同僚に囲まれているが、本物の恋人がいる者はひとりもいやしない」「ニューヨークで愛とロマンスを探し出せる場所は同性愛社会にしかない」「この街で成功を手にした独身女には選択肢がふたつしかない。恋愛をしようとあがいて見事に失敗するか、『恋愛なんか糞食《くそ》らえ』と言って外で男のようにセックスだけを楽しむか」と、前半から、NYの殺伐とした状況が明らかに……。キャリアウーマンたちの女子会的な会食では、セックスした後何の感情も

ミスタービッグが他の女性とデートしていたと友人から知らされたキャリー。ショックでドラッグに逃避し、ベッドでダラダラしていたら彼から花束が届きました
モヤモヤ
大都会の恋はやさぐれ感と純愛プレイの温度差が激しいです

わかないというキャリーに対し、「でも、感情なんてなくなってかまわないでしょうが」と究極の発言をする女友達。アグレッシブに仕事する女性は男性ホルモンが増加して、異性をセックスの対象として見るようになってしまうそうです。この本が書かれた九〇年代のNYは景気も文化も最高潮で、アメリカンドリームを求めて男性も女性も皆アグレッシブに生きていたのでしょう。9・11や経済的な危機を経た今は、少しは人情が芽生えているかもしれませんが、当時はとにかくドライで人々の心が乾きっていたことが伝わってきます。

主人公のコラムニスト、キャリーは、NYの愛の実態を確かめるためにフィールドワークを続けます。3P願望をみなぎらせる男たち、中身はないけれど外見が良いモデルばかりと付き合う男、大人になりきれない自転車男子、殴られて悦ぶ女装趣味のM男など、様々な特殊な性癖の男たちが登場。より刺激を求める都会人の性でしょうか。普通の恋愛からはますます遠ざかってしまいます。日本の、草食男子とかロールキャベツ男子といった分類が牧歌的に思えてきます。しかしそんな中で珍しく恋愛ムードを漂わせているのが、あるリッチな三十代男性ウォルデンと、リビーという若い女性のエピソード。パーティで出会い、意気投合した二人は、リビーの部屋に行くことになります。しかしウォルデンは、彼女を一晩限りの女と頭の中で分類していました。それは彼女が美人ではなく、人前で連れ歩けるような女じゃなかったから……。でも、不美人なリビーだからこそ、ウォルデンは彼女の前ではリラックスでき、心を通わせることができました。しかし世間体を気にして彼女を自分の友達には会わせられないウォルデン。リビーと音信が途絶えてから、彼女のことを心から愛していたことに気付きます。ウォルデンの心のやましさと、リビーの外見の劣等感が結びつき、弱味を共有することでNY砂漠でも愛が育っていたのでしょう。それも健全な恋愛とは違うような気がしますが……。シビアで切ない話です。

この本の唯一といってもいい救いは、主人公のキャリーがミスター・ビッグという理想の男性と出会い、恋に落ち、着実に関係を築いているところです。友人に「あなたにふさわしい男だとはどうしても思えないわ」とダメ出しされても、キャリーの気持ちは揺るぎません。NYでは女友達の妨害で恋がつぶされる、ということを彼女はこれまでの調査で熟知していました。また、別の女友達に、ミスター・ビッグが別の若い女性とデートしていたと、知らなくてもいい情報を吹き込まれても、キャリーは彼を問い詰めることなく、そのままなかったことに……。大人の女の処世術です。いっぽうで、吹き出物に悩む姿を見せたり、甘えた声で無邪気なことを尋ねたり、夢の中で浮気したと言って拗《す》ねたり、彼の前では少女のように振る舞うキャリー。二面性のギャップで男性を飽きさせないことが都会で恋愛を続けるテクなのかもしれません。ミスター・ビッグも、キャリーの気持ちを試すために別の女性とデートし、彼女が他の男性と楽しそうに話していたとなじり、「愛している」と怖くて言えないと白状し、いい年していつの間にか純愛モードです。人々が恋愛から遠ざかったNYだからこそ、誰もが恋愛初心者で、こんな初々しい恋愛ができるのかもしれません。それも大人のプレイなのかもしれませんが……。

『熱い手ほどき』
ローリー・フォスター
アメリカ　2001年

心に刻みたい愛の名文

セックスはコレステロール値を下げるだけでなく、悪玉コレステロールに対する善玉コレステロールの比率も上昇させる。さらに心肺機能を活性化し、深い呼吸をもたらすために、血液に新鮮な酸素が供給され、すべての臓器や細胞に栄養が行き渡る。また、セックスによって、鎮痛効果を持つホルモン、エンドルフィンも放出される

「恋愛力はローリー・フォスターで上げる!」という力強い帯のメッセージに惹かれて手に取ってみました。ハーレクイン文庫三十周年だった二〇〇九年当時、人気作家の作品が次々リリースされていて、この本の著者ローリー・フォスターもアメリカでときどきベストセラーリストに入る位の売れっ子らしいです。

ハーレクイン文庫というと、十数ページごとに濡れ場が大サービスのイメージがありますが、この『熱い手ほどき』は、そんなにすぐにセックスシーンは出てきません。さすが息子が三人もいる酸いも甘いも知り尽くした大人の女性作家だけあって、じらしテクがすごいです。

主人公は、うぶな二十五歳のアニーという女性（バージン）。兄のように慕う三十五歳のガイに対して恋心というか性欲を抱いています。でも、ガイからはいつも妹のように扱われ、女として見てもらえないことに悶々とする日々。セックスについての本（『カーマ・スートラ』や『官能小説傑作集』など）を読んで知識を増やしつつ、兄や兄嫁に協力してもらって、二人きりになるチャンスを窺《うかが》います。

ある夜、アニーは相談したいことがあるとガイを呼び出し、体にフィットするワンピース姿にノーブラで登場。ガイの生殖腺を刺激します。実はガイもアニーに性的魅力を感じていたのですが、理性の力で抑えていたのでした。この、ガイが性欲を抑え

〈アメリカ処女・アニーに学ぶ誘惑テク〉
パンティはちゃんとはいているわ
―「パンティ」と声に出して言ってみる
生殖腺が…
ノーブラにワンピで悩殺
ウッ
セックスはコレステロール値を下げ、鎮痛効果を持つホルモンを放出し首や肩こりをほぐし、ダイエットにもなるのよ
ゴクリ
とにかくセックスの効能を並べてみる
↑服をはだける
日本だと色情狂だと思われ引かれそうです…

る描写が劇的にすごいです。男性の体の中で起きている嵐のような変化に、人体の不思議を感じ、恋愛小説が冒険小説のように思えてきます。

たとえば、アニーが悩殺ワンピ姿で部屋に入って来た時は、「とたんにリラックス状態が解除され、彼の男としての細胞のすべてが臨戦態勢に入った。二回ごくりと喉を鳴らし、なんとか口をきこうとしたが、すぐに無理だと悟った」。男細胞なんて実際あるのか知りませんが、臨場感がギンギンに伝わってきます。

さらに、アニーが彼を誘惑しようとして下着をつけていないと言った時は、「あえぎ声とともにガイの肺の中の空気がすべて吐き出された。同時に、極度の興奮に襲われ、全身がこわばった」「全身の男性ホルモンがこぞって知りたいと叫んでいる。あの、なにも着ていないも同然の服の下は、本当に裸なのか?」といった具合で、あまりの欲望でおかしくなりかけたガイは、逃げるように部屋を後にします。しかし、焦っていたせいか、帰り道で交通事故に遭遇! といっても打撲傷で命に別状はありませんでしたが、なぜか怪我を負ったガイを山小屋で静養させ、アニーが看病に行くという話になります。山小屋というと、ハーレクイン的な最高の情事の舞台です。全身の痛みに朦朧としているガイを山小屋まで車で運ぶ途中、自然に鼻歌が漏れるアニー。恐ろしい女です……。体の自由がきかない男性を誘惑するというシチュエーションは、妄想上級者向けかもしれません。ここまでで半分以上のページ数を費やし、読者をじらし続ける手腕はさすがプロです。

山小屋でガイと二人きりになったアニーは、彼の全裸をしっかり観察したり、意識が戻ったガイに性器や肌の質感についてコメントしたり、自由がきかない彼の着替えを手伝ったり、介護プレイを満喫します。さらに、「性的な妄想は痛みをやわらげる」とか言って、露出度の高い格好でガイに迫ります。勘弁してくれよと拒みながらも、ガイは興奮度MAX。

「生殖腺はすっかりその気になっている。全身の神経の一つ一つ、とくに敏感な部分の神経が、イエスと言えと大合唱していた」「全身が脈打ち、猛り狂う興奮にさいなまれている」。

そしてついに一六〇ページくらいのところで二人はとうとう結ばれます。ホウキの柄で練習していたというアニーは慣れた手つきで避妊具を装着。始まってからフィニッシュまではわりとあっけなかったです。

交通事故や山小屋での誘惑など非現実的な設定で、あまり恋愛テクの参考にはならなさそうですが、妄想力はかなり鍛えられた感があります。行為までの一六〇ページ、じらされ続けて、その間アニーは処女を保っていたこともあって、読後に罪悪感が残らないのも良いです。この本の作者も含め、ハーレクインの女性作家陣を見ると、女性は年齢を重ねるごとに妄想力が高まるように思えて、年を取るのが楽しみになりました。

『ダイヤモンドの真実』

ニコール・リッチー

アメリカ　２００５年

心に刻みたい愛の名文

完璧な美しさを持つダイヤモンドは、
自分が決して完璧にはなれないってことを
思い知らせてくれる――
私たちにできるのは、ただ努力し続けることだけだと。

かつてパリス・ヒルトンとともに若い女性の間で大人気だったセレブ、ニコール・リッチー。ライオネル・リッチーの養女として何不自由なく育てられる一方、養父母の離婚など複雑な家庭環境から夜遊びやドラッグに走るようになり、パリス・ヒルトンと仲良くなってリアリティ番組デビュー。その後、薬物不法所持や交通違反で逮捕され、バッドガールとして世間を騒がせたニコールでしたが、出産を機に生活を改善し、子育てに励む良き母ぶりをアピール、今やすっかり名誉挽回しています。そんなニコールが、二〇〇五年、まだ夜遊び現役だった頃に書き下ろした自伝的小説が『ダイヤモンドの真実』。当時付き合っていたＤＪアダムとの恋愛エピソードが綴られていたり、周りのセレブ仲間が本人っぽいキャラクターで出てくるのが刺激的です。たとえばパリス・ヒルトンはシモーヌというキャラで、ドライ・クリーニング業界実力者の娘の偽リッチガールで、鼻も胸も整形しているとか、ケリー・オズボーンは、アナという名前で出てきて、ロックミュージシャンでドラッグ中毒者の父を持つ、デブでブスのお嬢様で死体安置所が似合う滑稽《こっけい》な白塗りメイクをしているとか、毒舌モードで書きたい放題です。周囲の友人関係が壊れそうですが、実際、本を出してから、パリス・ヒルトンとあまり仲良さそうな姿を見ていない気が……。ニコールが悪友との関係をすっぱり断つために書いた本のようです。

元ジャンキーのクロエとDJレイのラブ
シーンの描写は…
「抱き合うレイとクロエの周りには、彼ら
を包むように"しゃぼん玉"が形成され、
その中だけは平穏な時間が流れていた」
まだ二人とも完全に足を洗ってないような…

セレブゴシップ好きとしては、彼女がどんな恋愛をしてきたのか気になるところ。ニコールを彷彿《ほうふつ》とさせる主人公、クロエ・パーカーは、クラブのＶＩＰルームに出没し、そこで友達やメンズと乱痴気騒ぎを繰り広げていました。そのセレブフロアの常連のひとりが、カントリー歌手の父と女優の母を持つセクシーなイケメン、ジョーイで、クロエは彼と付き合ってからヘロインにハマってしまいました。さらっと書きましたが、この本の登場人物はほぼ全員ドラッグ常用者です。日本の読者にドラッグへの興味を抱かせてしまわないか心配になるほど、クールなアイテムとして出てきます。シモーヌは、コカインにあらゆるドラッグ、そしてマリファナを常用、クロエは主にヘロイン好きで、それ以外にもコカイン、抗うつ剤、エクスタシーもたしなんでいたとか。ジョーイと別れたあと、クラブのＤＪ、レイのことも気になりつつ、チップという小汚いミュージシャンと付き合いはじめたクロエは、コカインをめぐって痴話げんかの醜態を晒《さら》してしまいます。自分ばかり吸引して分けてくれないチップに強く抗議した拍子にコカインの瓶が落ちて割れてしまい、激昂したチップに殴られて汚い水たまりに倒れこんだクロエ。恵まれたセレブがこんな惨めな事態に陥るとは……。ドラッグは人生を狂わせます。その様子をパパラッチに撮られ、ゴシップ誌に掲載されてしまい、クロエはさすがに反省。シモーヌと一緒にＣＭ出演が決まったこともあり、撮影中はドラッグをやめようと決意します。しかしそう言いながらも撮影前の緊張をやわらげるために抗うつ剤を一服。さらにスプーンを使って「あぶり」までしてしまいます。養母に「一体、これは何なの？」とあぶったあとのあるスプーンを突き付けられ、もう二度としないと誓うシーンにはあまり緊迫感がなく、いつものことみたいな雰囲気。日本では考えられないです。さらにクロエはジャンキーお嬢様の家に遊びに行った時、ジョーイから電話でドラッグ調達を頼まれて、彼への未練からつい引き受けてしまいます。指定されたメキシコ人の家に行き、ドラッグを購入。しかしその帰りに衝突事故を起こして、CMの仕事をしている会社の担当者が激怒。自分を破滅に導いたジョーイへの気持ちを吹っ切ったクロエは、リハビリ施設に入り、ドラッグを完全に断ち切ることを決意します。

砂漠のど真ん中にあるリハビリ施設で、辛い薬物治療を受けたクロエ。「ヘロインを完全に断ち切ることは、史上最悪にタチの悪いインフルエンザと、史上最低の食中毒を足して、それをまとめて40倍くらいにした痛みがともなうもの」という、ニコールの経験者ならではの記述がリアルです。悪い男と縁を切るよりドラッグを断つ方がよほど難しそうです。日本でのお酒がそうであるように、ドラッグは男女の媒介にもなりますが、だんだん侵食して全てを破壊してしまう恐ろしい存在です。そのリハビリの最中に、彼女が少し気があったＤＪレイが花束とリミックスＣＤを持って遠路はるばるお見舞いに来てくれて、クロエは感激。このＤＪレイは要所要所で花束を持って来たり、正装して現れて、少女漫画の王子様のようです。次第に彼への思いを募らせるクロエ。いつしかパーティ会場のほの暗い一角でキスを交わすまでに……。そしてダイヤモンドの指輪を渡されプロポーズされるというロマンティックなハッピーエンドに至るのですが、ドラッグシーンはさんざん出てくるのにベッドシーンは皆無で、セレブのモラル感覚はどこかズレているようです。この本で婚約したＤＪレイのモデルになったＤＪアダムは、その後ドラッグ過剰摂取で死亡（自殺という説も）。ニコールが別の男性と幸せな家庭を築いている時でした。セレブ界において、事実は小説よりもドラマティックで切ないです。

『食べて、祈って、恋をして』

女が直面するあらゆること探究の書

エリザベス・ギルバート

アメリカ　2006年

心に刻みたい愛の名文

あなたに会えておめでとう

二〇一〇年、映画化もされて話題になった八〇〇万部のベストセラー小説『食べて、祈って、恋をして』は著者エリザベス・ギルバートの体験記です。結婚六年、作家としてのキャリアも順調で、NYの郊外で夫と暮らしていたリズ。しかし「これ以上、結婚生活をつづけたくない」という思いが日増しに強まっていき、バスルームで嗚咽《おえつ》にむせびながら神に祈ります。すると、「ベッドに戻りなさい、リズ」という声が聞こえてきて神の愛を感じるプチ神秘を体験。このことが彼女をスピリチュアルな旅に向かわせるきっかけの一つとなります。

離婚を決めたリズは、泥沼のさなかにデーヴィッドという若くて魅力的な男性と出会い、恋に落ちます。最初の頃は楽しくて「あらゆる恋愛映画のシーンをつなぎ合わせたような」夏をすごした二人。しかし彼女の執着と依存が強くなるほど、恋愛の法則どおりに彼は引いていきます。彼につれなくされるたび、自己価値が下落。別れたりよりを戻したりをくりかえして消耗していきます。そんなある日、デーヴィッドの家で見つけた、美しいインド人女性の写真。「あれは誰？」と聞くと「ぼくの精神の師さ」という答えが返ってきました。デーヴィッドと同時にその美しいインド人グルに恋をしたリズ。「わたしにも精神の師がほしい」と切望するようになります。リズは、バスルームで神に助けを求めた時から、ずっと精神の師を欲していたような気が

自分探しの旅がいつの間にか男探しの旅に・・・
ウェールズ人 イアン
ブラジル人 フェリペ
NY出身 シェフ
セックスやマスターベーションのあと、瞑想でデトックス
(温冷サウナのよう…)美容法として良さそうです
魂活より
婚活

してきました。

それから彼女は女ひとり、世界に旅に出ます。まずは取材で訪れたインドネシア。そこでバリ人の治療師と出会い、もうすぐ全財産を失うということと、またここに戻ってくることを予言されます。男性問題について聞きたかったのをがまんして、「神をずっとそばに感じていたいんです」と、善人っぽい相談をしていたリズですが、その後の旅路も、彼女の中で男性を求める気持ちと神様への思いがせめぎ合っているようでした。

リズは、「イタリアでは喜びの奥義を、インドでは信仰の奥義を、インドネシアではその両者のバランスをとる奥義を探りたい」と思い立ち、三カ国に旅立ちます。イタリアでは食欲に溺れる日々。「薄いのにもっちりしたピッツアがこの世界に存在していたなんて！　なんという奇跡！　薄くて、ぱりっとして、もちっとして、嚙みごたえがあって、滋味深くて、塩気のよくきいた天国のピッツアがここにある！」と、スピリチュアルな旅の序盤、いきなりピッツアの上に天国を発見。グルの写真を見つけた時よりもあきらかにテンションが高いです。イタリアでは食べまくり、若い男にナンパされ、離婚と失恋でやつれていたのもすっかり回復しました。人生には必要なことが起こるようです。

次はインドに行き、写真でひとめ惚れしたグルのアシュラム（道場）に滞在することになります。瞑想《めいそう》や詠唱に励み、内なる神をまじめに探究。この章は文章のテンションもイタリアとは別人のようです。アシュラムの洞窟で瞑想するうちに、微弱電流のような青いエネルギーが全身を巡る不思議な体験をして、霊的な吉兆であるヘビが部屋に入ってくる夢も見て、神との合一も近いと期待感が高まります。しかしまだデーヴィッドへの思いを断ち切れないリズ。悶々としていたら、「神を探しなさい」というグルの声が導いてくれました。アシュラムに来て四カ月ほど経った頃、瞑想していたら、リズはついに、それらしいことを体験。「あらゆる事象の根源を経験しているような感じがした。そう、これが天国だ。これまで経験したことのない、想像をはるかに超えた深い愛がそこにあった。ただし、多幸感とはちがう。興奮ともちがう」とどこか冷静に、至高のニルヴァーナ体験を描写。「『これが神だ』と、わたしは思った。『あなたに会えておめでとう』」。しかし神々しい瞬間はあっという間に終わり、意識は現実世界に戻ってしまいます。この神を感じるシーンは小説のクライマックスで、このまま俗世を捨てて精神修行を極め、さらなるエンライトメントを目指す、というのが美しいストーリーですが、そうはいかないのがアメリカ人。最後、バリ人の治療師に再会するために訪れたインドネシアでは、また煩悩《ぼんのう》まみれになってしまいます。

最初は治療師のクトゥの手伝いをしたり、おとなしくすごしていたリズ。しかしある時、行きつけの薬局で、セクシーなブラジル人女性にパーティに誘われます。「バリに暮らす世界じゅうのおもしろい人々が集まってくる」とのことですが、南国でダラダラしている外国人の素性なんて怪しいもの。それまでスピリチュアルに浸っていたぶん無防備だったリズは、その場にいた男たちをすぐ好きになってしまいます。そしてブラジル人のおじさんと恋に落ちて、あとは想像の通り、一カ月間部屋から出ずにセックスしまくり……膀胱炎《ぼうこうえん》になって薬局で処方してもらう羽目に。男断ちのリバウンドはおそろしいです。こうしてインドネシアで恋人を見つけたリズですが、グルに「あなたたちにもうこれ以上教えることはありません」と言われてアシュラムが閉じられる、という象徴的な霊夢を見てしまいます。男性と神様は両立できないのでしょうか。恋愛もある意味、精神修行なのかもしれませんが……。しかしこの小説が最終的にラブストーリーとしてハッピーエンドを迎えたおかげで、多くの読者の共感を得て映画化もされたのだから、終わりよければ全て良しです。

特別コラム

「モテる作家」太宰治

魔性の男

没後七十年近く経っても、本は常に売れ行き好調、命日には禅林寺《ぜんりん》の墓地にファンが集い、カリスマ性をキープし続ける太宰治《だざいおさむ》。有名人追悼ブームのルーツは太宰にあるのかもしれません。それにしても彼のどこがこんなにも人を惹き付けるのか知りたくて、桜桃忌《おうとうき》の数日後、三鷹《みたか》市の太宰治文学サロンを訪れてみました。あいにくの雨で、渋い立地の文学サロンなので空いているだろうと思っていたら、入り口の傘立てに何本も傘が……。中には元文学少女風マダムが数人いて、熱心に展示を見ていました。サロンに滞在している小一時間、お客さんが途切れず、狭い館内に十人以上いる瞬間も。女性だけでなく男性ファンもいて（太宰とは正反対のまっとうな人生を生きてきたまじめそうな紳士）、太宰風マントを羽織って記念写真を撮ったりしていました。

「山崎さんのお兄さんは太宰と高校が一緒で、よく行っていた飲み屋さんがここ。入水したのはこのへんです」と、地図を指してお客に示す男性スタッフ。
「山梨時代、太宰の毎月の酒代は二十円。三鷹の家賃が二十四円だった時にです」と、何万回も説明しているだけあってさすがくわしいです。この文学サロンはちょうど来場者三万人だそうで（取材当時）、入場無料だということもありますが、コンスタントに集客があって、出無精の時代にすばらしいです。グッズコーナーには、Tシャツやシール、ストラップ、一筆せん、ブックカバーなど多種多様の商品が展開していました。

しかし、何度も自殺や心中未遂をおこし、世間を騒がせた人なのに、グッズや記念館ができるくらい、世の中に受け入れられているのはどうしてなのでしょう。なぜ彼はこんなにも愛され続けているのでしょう？　やはり、ルックス……？　サロンに展示されている太宰治の高校生時代の写真はキュートで、ポージングや目線など、自己演出に長けている印象を受けます。彼の写真を見ていると、目線を外しているものが多いです。それによってミステリアスでクールな印象を与えます。サロンで入手した『図説　太宰治』（ちくま学芸文庫）を見ると、すでに二歳でその技を体得していました。高校生になると、目線外し以外に、困ったように眉をひそめるという表情もマスター。文学者風に顎《あご》に手をそえ

〈太宰治に学ぶかっこいい写真のうつり方〉
目線を外す（二歳くらい）
困ったような表情（二十七歳）
あごに手を添える（高校時代）
風に吹かれつつ目のところが影に…（三十七歳）
一人だけ下を向く（二十六歳）
考え事をしている風（三十八歳）
もっと笑顔の写真を撮っていれば、運気も上がったかもしれません…

てポーズしてみたり、文学青年仲間との記念写真では差異をつけようとして、一人だけすねたような表情でななめ下に目線をやってみたり、自意識過剰気味ですが、たいていキマっているのが憎いです。満面の笑顔の写真はなく、物憂げな表情ばかりで、某女優が歯を見せて笑っている写真に必ずNGを出すというのを思い出しましたが、太宰の場合は、男で、とくに芸能事務所に所属しているわけでもないのに、徹底したイメージ管理を独力でやっている自己プロデュース力には驚嘆させられます。ただ、哀しげな表情の写真ばかり撮っているせいで、どんどん負のスパイラルにはまってしまっているような気もしますが……。晩年の写真は、ただでさえ彫りの深い顔の目のあたりが落ち窪《くぼ》んで黒い影になって、頬もこけて、かなり不吉です。人を寄せ付けない孤高な表情の写真も、どこか他人の目を意識していて、演出している感じが漂っています。

自己演出という意味では、太宰の原稿用紙の文字は丸みを帯びていてかわいい印象です。手紙文になると、さらに力が抜けたような、はかない筆跡になり、彼のためになんとかしなければという母性本能や保護欲を刺激します。晩年、彼女に自殺未遂を報告する手紙は、「アヤマッタ　クスリヲ　ノンデ……」とおぼつかないカタカナで書かれていて頼りなげでした。と思うと、弟子への手紙はぞんざいな文体で書きなぐっていたり、川端康成への手紙は太い筆で書かれた作家然としている筆跡だったり、志賀直哉《しがなおや》を批判する草稿は荒々しい性急な文字だったり、彼は意識的に相手によって字体を使いわけていたようです。自分は不器用で生きるのが下手というフリをしながら、実は器用な太宰治。知れば知るほど、いろいろな面が出てきて、魔性の男性の印象が強まります。

みな太宰の最後の女になりたがる

文学サロンを出て、彼が心中を決行した玉川上水《たまがわじょうすい》のほとりを歩いてみました。玉川上水といえば、私が通っていた武蔵野《むさしの》美術大学の通学路が、三鷹から続く玉川上水の横の小道だったことを思い出します。樹々が鬱蒼《うっそう》と繁った道は昼でも薄暗く、夜になると真っ暗になるのですが、「太宰治の顔をした太宰犬が出る」という怪談がまことしやかに語り継がれていました。ということは、太宰治は成仏できていないのでしょうか……。結局在学中は太宰犬に遭遇できなかったのですが、そんなことを思い出しながら三鷹の玉川上水の横を歩いていたら、暗くて恐いというよりも、植物が生い茂りまくっていて、ほとばしる生命力を感じました。太宰治の「乞食学生」でも「青い枝葉が両側から覆いかぶさり、青葉のトンネルのようである」と書かれていましたが、こんなに植物の生命力を感じる場所で川に飛び込むとは、死への決意がよほど強いというか、女々しいというよりむしろ男らしいです。

三度目の心中の相手、山崎富栄《やまざきとみえ》の写真を見ると、メガネに三つ編みで、まじめで意志が強そうな女性です。『東京人』二〇〇八年十二月増刊、太宰治特集では、太宰治の女友達（恋愛関係はなし）秋田富子《あきたとみこ》の娘である林聖子《はやしせいこ》さんが当時の思い出を語っています。実は太宰治は明るくて陽気な面もあったとか。山崎富栄の方が独占欲が強く、一途《いちず》だったそうで、そんな彼女の気持ちに押し切られるように心中を決行してしまったのかもしれません。直前に、太宰と付き合っていた太田静子《おおたしずこ》が現れ、子どもの認知を迫る騒動もあり、山崎富栄は精神的に不安定になっていたそうです。『週刊朝日』二〇〇九年七月三日号に載っていた彼女の日記には「修治《しゅうじ》さん（太宰の本名は津島《つしま》修治）、私達は死ぬのね」「修治様　私が狂気したら殺して下さい」など、ダークな文章が綴られていました。玉川上水に飛び込んだ二人が発見された時は、お互いの腰を麻紐《あさひも》で縛り、その一端を太宰治が口にくわえていたとか……。凄惨で、不吉で、どこか耽美的な情景です。麻紐をくわえていた姿に、今度こそ絶対死んでやると強い意志を感じます。心中未遂の顚末《てんまつ》を綴った「姥捨《うばすて》」では、カルチモン（睡眠剤）だけではなかなか死ねないと思った主人公が、帯を首に巻き付け、一端を幹に結んで確実に死のうとしたことが綴られています。水中でなかなか死ねなかった太宰は麻紐を首に巻こうとしたのかもしれません。

　ずっと死にたい願望を抱いていた太宰治。二十歳の時、弘前《ひろさき》の自宅でカルチモンを服用した自殺未遂にはじまり、二十一歳の時は銀座のカフェの女給との心中で相手だけ死亡、二十五歳で就職に失敗して首吊《つ》り自殺未遂、二回目の心中は二十七歳の時、温泉で妻とカルチモン心中を企てますが両方とも生き残って失敗し離婚、と自殺と心中を繰り返し、三十八歳の時、とうとう心中に成功してあの世に旅立ってしまいました。

　こんなに何度も自殺や心中を起こして、歩く富士樹海、歩く東尋坊のような禍々《まがまが》しさなのに、彼に惹かれる女性があとを絶たないのが不思議です。死んだ女性の霊が太宰の背後にいて、別の女性を道連れにしようと誘っているのでしょうか……。女性が次々とおかしくなっていく彼の魔力の秘密はどこにあるのか、改めて小説を拝読してみました。

恋愛なんてあさましい！

「チャンス」は、太宰治の恋愛観が直接的に表れている作品です。とはいえ、読んでみると、

「私がもし辞苑の編纂者《へんさんしゃ》だったならば、次のように定義するであろう。／『恋愛。好色の念を文化的に新しく言いつくろいしもの。すなわち、性慾衝動に基づく男女間の激情。具体的には、一個または数個の異性と一体になろうとあがく特殊なる性的煩悶《はんもん》。色慾の Warming-up とでも称すべきか』」

「恋愛とは何か。／曰《いわ》く、『それは非常に恥かしいものである』と」

と、恋愛に対してかなりクールというか冷めきっている太宰治。彼は、男女が偶然のアクシデント（稲妻がこわいとか）にのっかって、くっつこうとする「恋愛チャンス」のあさましさや恥ずかしさを訴えています。性的な願望を抱いているから、ちょっと肌が触れあっただけで、すぐ恋愛に発展する男女の軽々しさを嘆いています。

「『甘美なる恋愛』の序曲と称する『もののはずみ』とかいうものの実況は、たいていかくの如く、わざとらしく、あさましく、みっともないのである。／だい

たいひとを馬鹿にしている。そんな下手くそな見えすいた演技を行っていながら、何かそれが天から与えられた妙な縁の如く、互いに首肯し合おうというのだから、厚かましいにも程があるというものだ」

そこまで厳しく批判する太宰治は「恋愛チャンス」などには便乗せず、自分の意志で物事を進める主義のようです。恋愛経験が豊富で軟派なイメージですが、実は硬派な男性なのかもしれません。

「要するに私の恋の成立不成立は、チャンスに依らず、徹頭徹尾、私自身の意志に依るのである。私には、一つのチャンスさえ無かったのに、十年間の恋をし続け得た経験もあるし、また、所謂《いわゆる》絶好のチャンスが一夜のうちに三つも四つも重っても、何の恋愛も起らなかった事もある」

そして太宰治は、高校時代に芸者遊びをして、ひとりの芸者に言い寄られ、泊まっている下宿の部屋にまでついて来られたけれど、料亭から持って帰ってきた雀《すずめ》焼きが食べたい欲求の方が勝って、据え膳は食わずに芸者を返したという武勇伝を綴っています。さり気ないモテ自慢……。料理をこっそり持って帰った貧乏性エピソードで親近感を得ているので、モテ自慢がそれほど鼻につかず、笑える話になっているのがさすがです。

女に追われてうんざりするクールさ

　こうして「恋愛チャンス」のいやらしさを訴える反面、

「片恋というものこそ常に恋の最高の姿である」

と、ロマンチックな男心をかいま見せて、また女性ファンの心を摑む太宰治。基本的に「恋愛チャンス」など待たなくても、どんどん女の方から来る恵まれた身分であることが拝察されます。逃げれば逃げるほど女に追われる法則については、『人間失格』にくわしく書かれていて、主人公は告白されまくってモテモテな状態を「卑猥《ひわい》で不名誉」と表現しています。「東京八景」でも、「銀座裏のバアの女が、私を好いた。好かれる時期が、誰にだって一度ある。不潔な時期だ」と、女性に好意を持たれることへの不快感を露わにしていました。


　太宰治は、いつも女性にうんざりしています。「姥捨」では、心中に失敗して苦しむ妻を助けようとしていたら、突然面倒臭くなる心情が書かれています。

「ああ、もういやだ。この女は、おれには重すぎる。いいひとだが、おれの手にあまる。おれは、無力の人間だ。おれは一生、このひとのために、こんな苦労をしなければ、ならぬのか。いやだ、もういやだ。わかれよう」

「この女は、だめだ。おれにだけ、無制限にたよっている。ひとから、なんと言われたっていい。おれは、この女とわかれる」

一緒に死ぬ覚悟を決めて、雪山までついて来てくれた妻に対して冷たすぎます。太宰治は自分のことで手一杯で、自分以外の誰かを心から愛することができない性分なのかもしれません。

どんなに好きになっても振り向いてくれない、屈折したクールな態度がますます女性の恋心を募らせ、追いすがる女性たちから逃げる太宰治。ヒステリックなファンに迫まられて女性が苦手になったマイケル・ジャクソンのように、太宰治も女性に対して少なからず嫌悪感を抱いていたようです。根底には、『人間失格』に書かれているような、幼少期に受けた性的虐待のトラウマがあるのかもしれません。

手厳しい太宰の女性批判

『人間失格ではない太宰治』（新潮社）に再録された、坂口安吾《さかぐちあんご》と織田作之助《おださくのすけ》との座談会では、どんな女がいいかという話題になり、「女は駄目だね」と、一言で切り捨てていました。太宰治は女性にかなり厳しいです。心中を何度も試みたのは、世の中から少しでも女性という生き物を減らしたい目的意識があったのかもしれません。でも、いち女性読者としては、太宰治の女性蔑視表現は、読んでいて不快というより爽快になって他人事のように楽しめるのが不思議です。美輪《みわ》様や綾小路《あやのこうじ》きみまろのトークにどこか通じるものがあります。悪口や批判は、自分とは無関係だと思うのも、女性の愚かな面かもしれませんが……。彼の小説から、女性に対しての辛口コメントを抜き出してみます。

「ああ、汚い、汚い。女は、いやだ。自分が女だけに、女の中にある不潔さが、よくわかって、歯ぎしりするほど、厭《いや》だ。金魚をいじったあとの、あのたまらない生臭さが、自分のからだ一ぱいにしみついているようで、洗っても洗っても、落ちないようで、こうして一日一日、自分も雌の体臭を発散させるようになって行くのかと思えば、また思い当ることもあるので、いっそこのまま、少女のままで死にたくなる」（「女生徒」）

「女は、やっぱり、駄目なものなのね。女のうちでも、私という女ひとりが、だめなのかもしれませんけれども、つくづく私は、自分を駄目だと思います」（「千代女」）

「女って、こんなものです。言えない秘密を持って居ります。だって、それは女の『生れつき』ですもの。泥沼を、きっと一つずつ持って居ります。それは、はっきり言えるのです。だって、女には、一日一日が全部ですもの。男とちがう。死後も考えない。思索も、無い」（「皮膚と心」）

「内実は私も、知覚、感触の一喜一憂だけで、めくらのように生きていたあわれな女だったのだと気附いて、知覚、感触が、どんなに鋭敏だっても、それは動物的なものだ、ちっとも叡智《えいち》とは関係ない。全く、愚鈍な白痴でしか無いのだ、とはっきり自身を知りました」（「皮膚と心」）

「いったい女は、どんな気持ちで生きているのかを考える事は、自分にとって蚯《みみ》蚓《ず》の思いをさぐるよりも、ややこしく、わずらわしく、薄気味の悪いものに感ぜられていました」（「人間失格」）

「僕たち男類が聞いて、およそ世のつまらないものは、女類同志の会話だからね。前後不覚どころか、まるで発狂気味のように思われる。実に、不可解！」（「女類」）

金魚の生臭さとか、心に泥沼があるとか、蚯蚓のようだとか、ひどい言われようです。太宰治の自虐モードの文章の影に隠れて、厳しい女性批判が行われていました。物陰から小石をぶつけられているようです。

数ある小説の中でも、「女人訓戒」と「男女同権」がとくに女性に厳しい内容です。

「女人訓戒」では、「動物との肉体交流を平気で肯定している」女性たちの奇怪な言動ばかりを、まるで妖怪か何かのように、ピックアップして書き連ねています。「Lという発音を正確に発音したいばかりに、タングシチュウを一週二回ずつの割合いで食べている」英語塾の女生徒、「狐の襟巻《きつねのえりまき》をすると、急に嘘つきになるマダム」「色を白くする為に、烏賊《いか》のさしみを、せっせと食べている」映画女優、鷗《かもめ》の羽毛のチョッキを着てから、「急に落ち着きを失い、その性格に卑しい浮遊性を帯び、夫の同僚といまわしい関係」を結んだ燈台守の細君など、妖怪図鑑のようで、具体的な例がおもしろいです。最後は「女性は、たしなみを忘れてはならぬ」という教訓でしめくくられました。常に女性に対して強気の態度で、女性のM心を刺激します。

「男女同権」では、女性にされたひどい仕打ちを恨みがましく綿々と綴っています。少年時代下女に「けしからん事」を教えられ、印刷所で仕事している時はおかみさんと色の黒いめしたき女にいじめられ、吉原のおいらんにも「百姓の子」とバカにされ、屋台で働く老婆と大年増の女性二人にこき使われ、年寄りの女性教授に詩を酷評され、三人の女房に逃げられたりと、女たちにひどい目に遭わされまくりますが、惨めなままでは終わらず、男のプライドをのぞかせます。

「へんな事を言うようですが、私はこれでも、結婚にあたって私のほうから積極的に行動を開始したことは一度も無く、すべて女性のほうから私のところに押しかけて来るという工合で、いや、でもこれは決してのろけではございません」

そして、最後は「私のこれからの余生は挙げて、この女性の暴力の摘発にささげるつもりでございます」という勇ましい宣言で閉じられていました。

人を楽しませるサービス精神

女性に対して激しい苦言を呈しながらも、嫌われないのは、自虐的な文体とリアルな実例に笑えて、読後感が軽いからでしょうか。太宰治が愛される理由は、ルックスやクールな態度や母性本能を刺激する危うい言動に加えて、笑いのセンスが良い、ということだと思います。

「実に、よく笑うのです。いったいに、女は、男よりも快楽をよけいに頬張る事が出来るようです」と、『人間失格』でも書いていたように、おもしろい男性はいつの時代も女性にモテる傾向にあります。そして彼の、自虐ギャグ的な笑いのセンスは、何十年経っても古びていません。

「女に惚《ほ》れられて、死ぬというのは、これは悲劇じゃない、喜劇だ。いや、ファース（茶番）というものだ。滑稽《こっけい》の極《きわ》みだね」（『グッドバイ』）

と、自分でわかっていながらも、最終的にそのような死に方を選んでしまった太宰治。もしかしたら、心中は彼のサービス精神のあらわれかもしれません。ずっと死ぬ死ぬと言ってきて、周りの期待も裏切れないから、自分の人生を見せ物として楽しんでもらおう、という、小説家としての心意気すら感じます。

「私は、やはり、人生をドラマと見做《みな》していた。いや、ドラマを人生と見做していた」

「ばかな、滅亡の民の一人として、死んで行こうと、覚悟をきめていた。時潮が私に振り当てた役割を、忠実に演じてやろうと思った。必ず人に負けてやる、という悲しい卑屈な役割を」（「東京八景」）

最後まで読者を喜ばせようとして人生の幕を閉じた太宰治は、心中という業の深い亡くなり方でも成仏できていると確信しました。玉川上水のほとりで、太宰犬と会えなかったのも納得です。

あとがき

年を重ねるにつれ記憶力がうすらいできたせいか、前に読んだ本をほとんど覚えていないという状況です。本で読んだ恋愛と、自分自身の恋愛体験がまざって、まるでどれも自分におこったできごとのように脳が錯覚してそうですが……。

でも、上質な恋愛小説とはそういうものだと思います。読者を感情移入させ、本当におこったことのように脳が認識する。そもそも脳は実体験と妄想の区別がついていないと聞いたことがあります。恋愛小説に浸ることで、疑似体験で経験値を積むことができます。脳のひだとかも増えそうです。

『乙女の港』や『泣いちゃいそうだよ』などティーンが主人公の純愛小説を読むと精神的に若返り、『うたかたの日々』『風立ちぬ』を読むと、男性に献身的に看病されるクロエや節子など、病弱な美女になった錯覚で弱々しさを演出したくなり、『マリリン・モンロー7日間の恋』や『肉体の学校』を読んだら年下男子と恋愛したような充実感に満たされました。でも一番気持ち的にしっくりきたのは、自虐的で諦念漂う『蜻蛉日記』かもしれません……。女性ホルモンが減少してきたらハーレクイン的な小説を読むとか、悶々としてきたら恋愛欲を沈静化する小説にするとか、今の心の状態への処方せんにもなるのが恋愛小説です。特殊な設定を書いたものが多いですが、ヒロインの言動は実際の恋愛に参考にできる部分がありそうです。それ以前に、恋愛を忘れそうなとき、ときめきが足りないときに恋愛小説を読むことで、消えかけていた炎がまたよみがえります。この本の連載で定期的に恋愛小説を探して読んでいましたが、まだしばらく、というかイソフラボンを摂取するみたいに半永久的に読み続けたほうが良さそうです。

最後になりますが連載期間から担当してくださった中村朱江さま、デザイナーの寄藤文平さま、古屋郁美さま、他、お世話になった関係者の皆様に心から御礼申し上げます。そして読者の皆様におかれましても、手に取っていただき本当にありがとうございました。

解説　恋愛のヤバさを遠巻きに眺める女・辛酸《しんさん》なめ子《こ》

ライター・大学講師　トミヤマユキコ

改めて思ったのだが、恋愛って実はかなりヤバいものなんじゃないだろうか。いつも自分ではいられなくなるし、それが重症化すれば発狂するし、最悪死ぬ。本書で取り上げられている恋愛文学はほとんどがフィクションだが、そうは言っても心配なものは心配で、「頼むからみんな落ち着いてくれ」と思いながらページをめくると、やっぱり次のページでも、誰かが誰かに恋をして、おかしなことになっている。落ち着いているのは著者のなめ子さんだけだ。

辛酸なめ子という書き手のすばらしさは、世の中に存在するさまざまな「沼」に興味を持ってはいるが、決して足を取られないところにある。あるいは、沼にハマったとしても、しばらくすると「よっこいしょ」と案外身軽に這《は》い出してきて、泥まみれのからだをじーっと眺める余裕があるというか……いずれにせよ、観察対象と一定の距離を取れるのがなめ子さんのいいところ。それは初単著『ニガヨモギ』の頃からまったくブレていない（ここで白状しておくと、わたしは一九九〇年代末からなめ子さんのお仕事を追っかけている古参のファンです）。

そんなわけだから、本書においても、恋愛（および恋愛文学）との距離は適切に取られている。恋愛をやたらと称揚するわけでもなければ、キレ散らかしてディスるわけでもない。ときどき、作中に登場する恋愛テクを紹介して、モテ女から大いに学びました的なことを書いているけれど、たぶん本気じゃない（笑）。文学という縛りの中で、古今東西の恋愛サンプルを抽出し、淡々と分析・考察する手つきは、まるで研究者のそれであり、だからこそ、恋愛ってヤバいと感じるような人間（わたし）でも、胸焼けすることなく最後まで読めるのだ。

本書に収められたサンプルは、日本文学二十六、西洋文学十四、それから太宰治《だざいおさむ》のことを書いた特別コラムが一――しめて四十一。中でもわたしのお気に入りは、谷《たに》崎潤一郎《ざきじゅんいちろう》『猫と庄造《しょうぞう》と二人のをんな』の回である。

同作の主人公は、猫を溺愛《できあい》する「庄造」。妻よりも猫を可愛がるような男で、別れた元妻に猫を譲るという話にもなかなか乗ってこない。そんな彼についてなめ子さんはこう書いている。「猫好き男子は引っかかれたり爪を立てられてもどこか気持ち良さそうなのが特徴で、完全にM男として猫に調教されてしまっているのでしょう」

……恋愛における権力関係をSMのそれに置き換えて説明することで、にわかにS嬢とM男の物語が立ち上がってくるあたりは、さすがと言うほかない。

結局猫を元妻に譲ることになった庄造が、我慢できず様子を見に行ってしまうシーンの分析もおもしろい。「庄造は、猫のトイレの匂いを嗅《か》いで胸がいっぱいになります。猫の糞《ふん》の匂いで感動できるとは、猫廃人の症状も末期的です」……まるで依存症患者の禁断症状だが、実際、愛猫家とはおおむねそんな感じであるし、そうした精神状態が幸福だったりするものだ。盆栽が枝の歪《ゆが》みをひとつの美と捉えるように、恋愛だって、ピュアでまっすぐなものだけが美しいとは限らない。もっと言ってしまえば、そこらへんにたくさんいる猫好きの愛情がおしなべて歪んでいるのであれば、この世界の恋愛なんてものは、結構な確率で歪んでいるのではないか。日常に潜むこの歪みに気づかせてくれただけでも、本書を読んだ甲斐《かい》があるというものだ。わたしもいずれペットを飼うことがあればM女になるのかもしれないが、「M女で何が悪い!」と力強く開き直ることにしたい。

言うまでもないことだが、本書を読むにあたっては、イラストもちゃんと見てほしい。思わず笑ったのは、ボッカッチョ『デカメロン』の回だ。「イタリアの小話集『デカメロン』に出てくる登場人物は名前からして官能的です」として、チポッラ、グッチョ、ピヌッチョ、アリスティッポ、チモーネ、ペロットを紹介している。まあ、たしかに、響きがエロいかエロくないかと問われれば、エロい（笑）。ああ、これを素直に指摘できるなめ子さんがほんとに羨《うらや》ましい。なぜなら、大人はこういうくだらないエロさをスルーしがちだからだ。童心、というか、童貞《どうてい》マインドでエロを扱えるなめ子さんを心底羨ましいと思う。

ちなみに、いま、つい童貞マインドと書いてしまったが、なめ子さんの下ネタに処女ではなく童貞のマインドを感じてしまうのはなぜだろう。「乙女の恥じらい」がないからだろうか。いや、でも、乙女の恥じらいがないといっても、自称サバサバ系の女が開き直っているのとはぜんぜん違う。とにかく、エロを扱うときのストレートさがわたしは好きだ。それがあるから、秋元康《あきもとやすし》の陰毛も躊躇《ちゆうちよ》なく描けるのだろうと思ったりもするし（詳しくは秋元康『さらば、メルセデス』の回をご参照ください）。

急にまじめな話をするが、これまでも、そして、これからも、なめ子さんの仕事は「毒」というキーワードによって語られるだろう。しかし、対象を淡々と観察する研究者のような手つきから察するに、脊髄《せきずい》反射的な好き嫌いで物事を判断し、いじわるで毒をたらしているわけではないと思うのだ。

そうではなくて、彼女は自分の立っているところから見えた景色をそのまま書いているだけなのに、同じところに立って同じ景色を見られるひとがあまりいないから、どうにも理解ができなくて、ひとまず「毒」という言葉で形容しておこう、みたいなことなんじゃないだろうか。

つまり、何が言いたいかと言うと、読者がひとまず「毒」として処理しているものは、ある地点から見た純然たる事実である、ということである。たとえば、ELジェイムズ『フィフティ・シェイズ・オブ・グレイ』が爆発的ヒットを飛ばした理由について、なめ子さんは「ストーリーの根底に流れるのは、王子様とお姫様が結ばれる古典的なおとぎ話。それをSM仕様にしたら大ヒットした今の世の中は相当病んでいるということなのでしょう」と語っているが、これなんかは、揶揄《やゆ》でもなんでもなく、まさにその通りであると思う。これまでにない画期的な作品だから爆売れするのでなく、味付けをちょっと変えてやるだけで、昔ながらのおとぎ話にもグイグイ食い付いてしまうチョロい生き物……それが人間なのだ。その事実を「辛酸なめ子の毒」として片付けておけば、ひとのせいにできて気が楽かもしれないけれど、わたしたちはみんな哀《かな》しい生き物なんですよ、と喝破《かっぱ》される痛みに耐えた方が、その後の人生はきっと豊かになる。

私を足で踏んづけて下さい！
本気で私を痛めつけて下さい
私を愛しているなら、残酷に扱って下さい

これは本書でも紹介されているL・ザッヘル＝マゾッホ『毛皮を着たヴィーナス』からの引用だが、辛酸なめ子のよい読者であるためには、つねにこういう気持ちでいた方がいい。彼女の毒は愛であり、愛の鞭《むち》に打たれることが、生活向上への鍵である……と、謎《なぞ》にスケールのでかい話をはじめてしまいそうなので話を戻すと、基本的には、どの回からでも楽しめて、新たな本との（ちょっと変わった）出会いをもたらしてくれる本書を、気負うことなく楽しんでくれればそれでよい。欲を言えば、ヤバいものだと知りながら恋愛について書かずにはいられなかった作家たちのことをちょっとだけ愛しく思ってくれると、尚よい。

出典一覧

『竹取物語（全)』 角川ソフィア文庫―ビギナーズ・クラシックス　平成13年９月
『蜻蛉日記』 角川ソフィア文庫―ビギナーズ・クラシックス　平成14年１月
『好色五人女』 角川ソフィア文庫　平成20年６月
樋口一葉『大つごもり・十三夜』 岩波文庫　昭和54年２月
田山花袋『蒲団・重右衛門の最後』 新潮文庫　昭和27年３月
森鷗外 『ヰタ・セクスアリス』 新潮文庫　昭和24年11月
江戸川乱歩 『人でなしの恋』 創元推理文庫　平成７年10月
谷崎潤一郎 『猫と庄造と二人のをんな』 中公文庫　平成25年７月
堀辰雄 『風立ちぬ・美しい村』 新潮文庫　昭和26年１月
川端康成 『乙女の港』 実業之日本社文庫―少女の友コレクション　平成23年10月
岡本かの子 『老妓抄』 新潮文庫　昭和25年４月
武者小路実篤 『愛と死』 新潮文庫　昭和27年９月
高村光太郎　中村稔・編『校本　智恵子抄』 角川文庫　平成11年１月
石原慎太郎 『太陽の季節』 新潮文庫　昭和32年８月
瀬戸内寂聴 『夏の終り』 新潮文庫　昭和41年11月
三島由紀夫 『肉体の学校』 ちくま文庫　平成４年６月
向田邦子 『隣りの女』 文春文庫　昭和59年１月
田辺聖子 『ジョゼと虎と魚たち』 角川文庫　昭和62年１月
秋元康 『さらば、メルセデス』 ポプラ文庫　平成22年４月
山田詠美 『放課後の音符』 新潮文庫　平成７年３月
鳩山一郎　川手正一郎・編・監修『若き血の清く燃えて』 講談社　平成８年11月
岡本敏子 『奇跡』 集英社文庫　平成23年２月
小林深雪 『泣いちゃいそうだよ』 講談社青い鳥文庫　平成18年４月
KiKi 『あたし彼女』 スターツ出版　平成21年２月
大石静 『セカンドバージン』 幻冬舎文庫　平成22年11月
村上春樹 『女のいない男たち』 文藝春秋　平成26年４月
イワン・ツルゲーネフ　神西清・訳『はつ恋』 新潮文庫　昭和27年12月
ウラジーミル・メグレ　水木綾子・訳　岩砂晶子・監修『響きわたるシベリア杉　シリーズ１　アナスタシア』 ナチュラルスピリット　平成24年９月
アンドレ・ブルトン　巖谷國士・訳『ナジャ』 岩波文庫　平成15年７月
ジャン・コクトー　東郷青児・訳『怖るべき子供たち』 角川文庫　昭和28年３月
ボリス・ヴィアン　伊東守男・訳『うたかたの日々』 ハヤカワepi文庫　平成14年１月
ELジェイムズ　池田真紀子・訳『フィフティ・シェイズ・オブ・グレイ』上・下　早川書房　平成24年11月
コリン・クラーク　務台夏子・訳『マリリン・モンロー７日間の恋』 新潮文庫　平成24年２月
オウィディウス　沓掛良彦・訳『恋愛指南――アルス・アマトリア』 岩波文庫　平成20年８月
ボッカッチョ　河島英昭・訳『デカメロン』上・下　講談社文芸文庫　平成11年５月～６月
L・ザッヘル＝マゾッホ　種村季弘・訳『毛皮を着たヴィーナス』 河出文庫　昭和58年４月
キャンディス・ブシュネル　古屋美登里・訳『セックスとニューヨーク』 ハヤカワ文庫　平成12年12月
ローリー・フォスター　片山真紀・訳『熱い手ほどき』 ハーレクイン文庫　平成21年２月
ニコール・リッチー　髙間裕子・訳『ダイヤモンドの真実』 トランスメディア　平成22年４月
エリザベス・ギルバート　那波かおり・訳『食べて、祈って、恋をして　女が直面するあらゆること探求の書』 武田ランダムハウスジャパン　平成22年８月
「太宰治　女（わたし）が愛した作家　モテる作家」 知楽遊学シリーズ　NHKテレビテキスト「こだわり人物伝」 平成22年６－７月号

初出

この作品『辛酸なめ子の世界恋愛文学全集』は、平成二十八年五月、小社から四六判で刊行されたものです。

辛酸なめ子の世界恋愛文学全集

一〇〇字書評

切り取り線

購買動機（新聞、雑誌名を記入するか、あるいは○をつけてください）	
□（　　　　　　　　　　　）の広告を見て	
□（　　　　　　　　　　　）の書評を見て	
□ 知人のすすめで	□ タイトルに惹かれて
□ カバーが良かったから	□ 内容が面白そうだから
□ 好きな作家だから	□ 好きな分野の本だから

・最近、最も感銘を受けた作品名をお書き下さい

・あなたのお好きな作家名をお書き下さい

・その他、ご要望がありましたらお書き下さい

住所	〒				
氏名		職業		年齢	
Eメール	※携帯には配信できません		新刊情報等のメール配信を 希望する・しない		

この本の感想を、編集部までお寄せいただけたらありがたく存じます。今後の企画の参考にさせていただきます。Eメールでも結構です。

いただいた「一〇〇字書評」は、新聞・雑誌等に紹介させていただくことがあります。その場合はお礼として特製図書カードを差し上げます。

前ページの原稿用紙に書評をお書きの上、切り取り、左記までお送り下さい。宛先の住所は不要です。

なお、ご記入いただいたお名前、ご住所等は、書評紹介の事前了解、謝礼のお届けのためだけに利用し、そのほかの目的のために利用することはありません。

〒一〇一－八七〇一
祥伝社文庫編集長　坂口芳和
電話　〇三（三二六五）二〇八〇

祥伝社ホームページの「ブックレビュー」からも、書き込めます。
www.shodensha.co.jp/bookreview

祥伝社文庫

辛酸《しんさん》なめ子《こ》の世《せ》界恋愛文学全集《かいれんあいぶんがくぜんしゅう》

令和 元 年11月20日　初版第 1 刷発行

著　者　辛酸《しんさん》なめ子《こ》
発行者　辻　浩明
発行所　祥伝社《しょうでんしゃ》
東京都千代田区神田神保町 3-3
〒101-8701
電話　03（3265）2081（販売部）
電話　03（3265）2080（編集部）
電話　03（3265）3622（業務部）
www.shodensha.co.jp
印刷所　堀内印刷
製本所　積信堂
カバーフォーマットデザイン　芥　陽子

Printed in Japan ©2019, Nameko Shinsan ISBN978-4-396-34583-9 C0193

祥伝社文庫の好評既刊

飛鳥井千砂
君は素知《そし》らぬ顔で
気分屋の彼に言い返せない由紀江《ゆきえ》。彼の態度は徐々にエスカレートし……。心のささくれを描く傑作六編。

伊坂幸太郎
陽気なギャングが地球を回す
史上最強の天才強盗四人組大奮戦！映画化され話題を呼んだロマンチック・エンターテインメント。

伊坂幸太郎
陽気なギャングの日常と襲撃
華麗な銀行襲撃の裏に、なぜか「社長令嬢誘拐」が連鎖――天才強盗四人組が巻き込まれた四つの奇妙な事件。

伊坂幸太郎
陽気なギャングは三つ数えろ
天才スリ・久遠はハイエナ記者火尻にその正体を気づかれてしまう。天才強盗四人組に最凶最悪のピンチ！

石持浅海
Rのつく月には気をつけよう
大学時代の仲間が集まる飲み会は、今夜も酒と肴《さかな》と恋の話で大盛り上がり。今回のゲストは……!?

石持浅海
わたしたちが少女と呼ばれていた頃
教室は秘密と謎だらけ。少女と大人の間を揺れ動きながら成長していく。名探偵碓氷優佳の原点を描く学園ミステリー。

〈祥伝社文庫　今月の新刊〉

岩室　忍
天狼　明智光秀　信長の軍師外伝（上・下）
光秀と信長。天下布武を目前に、同床異夢の二人を分けた天の采配とは？　超大河巨編。

今村翔吾
黄金雛《こがねびな》　羽州ぼろ鳶組　零
大人気羽州ぼろ鳶組シリーズ、始まりの物語。十六歳の新人火消・源吾が江戸を動かす！

新堂冬樹
医療マフィア
白衣を染める黒い罠――。大学病院の教授をハメる、「闇のブローカー」が暗躍する！

沢村　鐵
極夜2　カタストロフィスト
警視庁機動分析捜査官・天埜唯
警視総監に届いた暗号は、闇僚の殺害予告？刑事隼野は因縁の相手「蜂雀」を追う。

辛酸なめ子
辛酸なめ子の世界恋愛文学全集
こんなに面白かったのか！　古今東西四十人の文豪との恋バナが味わえる読書案内。

柴田哲孝
Dの遺言
二十万カラット、時価一千億円！　戦後、日銀から消えた幻のダイヤモンドを探せ！

南　英男
奈落　強請屋《ゆすりや》稼業
カジノ、談合……金の臭いを嗅ぎつけ、一匹狼の探偵が悪逆非道な奴らからむしり取る！

樋口有介
変わり朝顔　船宿たき川捕り物暦
目明かしの総元締が住まう船宿を舞台に贈る、読み始めたら止まらない本格時代小説、誕生。

稲田和浩
女の厄《やく》**払い**　千住のおひろ花便り
楽しいことが少し、悲しいことが少し。すれ違う男女の儚い恋に、遣り手のおひろは……。